ロミオ・
ード
レセリカ・
ベッドフォード

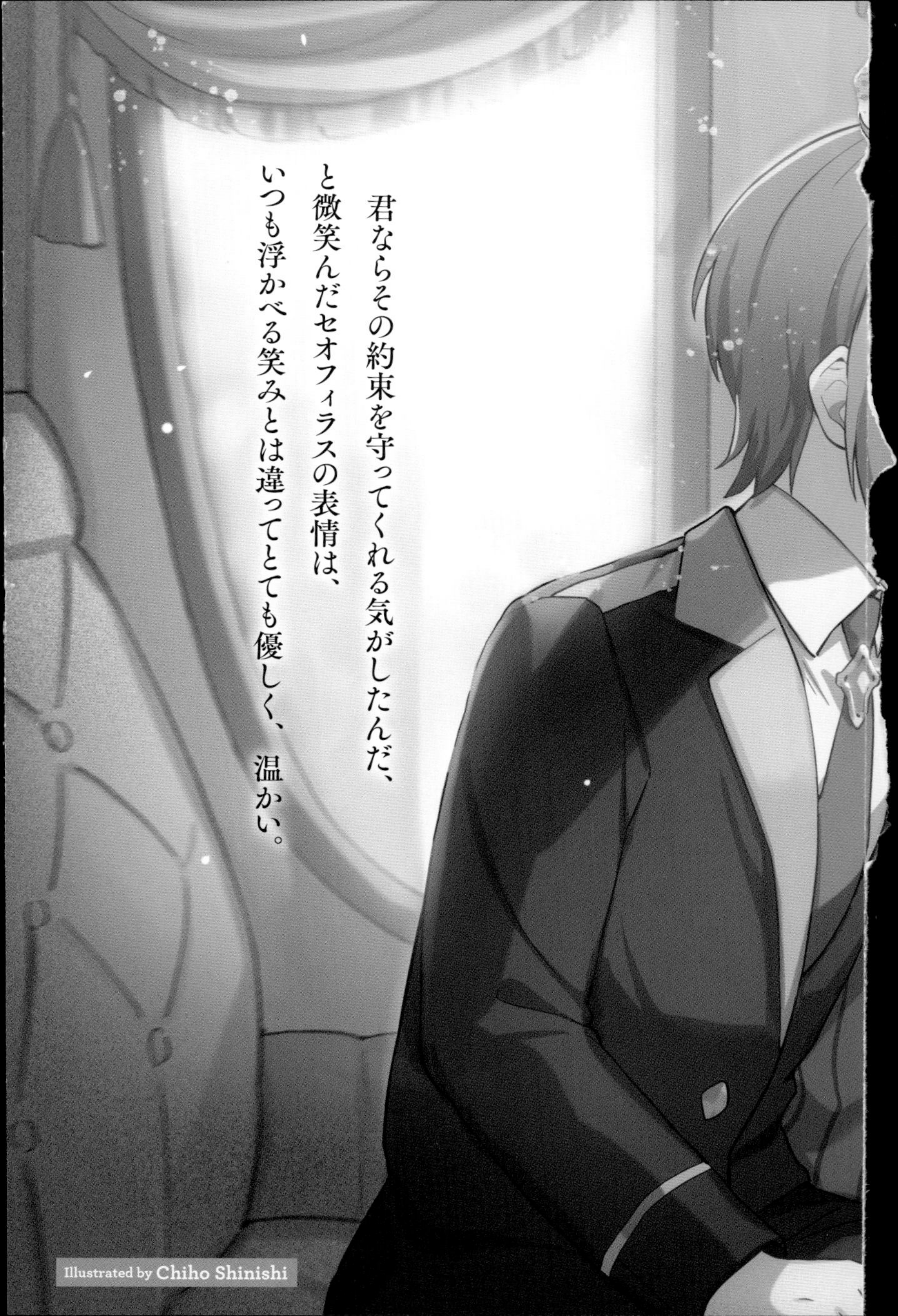
君ならその約束を守ってくれる気がしたんだ、
と微笑んだセオフィラスの表情は、
いつも浮かべる笑みとは違ってとても優しく、温かい。
Illustrated by Chiho Shinishi

風の少年
ダリア

「……はい。嘘は吐きません。誓います」

阿井りいあ
Illustration しんいし智歩
悪役にされた冷徹令嬢は王太子を守りたい
やり直し人生で我慢をやめたら
溺愛され始めた様子

Contents

一章　人生のやり直し

冷たい鎖がジャラジャラと音を立てている。

白く生地の薄い服は、彼女が罪人であることを示していた。

輝くような美しいホワイトブロンドの髪に紫の瞳。白い肌と赤い唇。誰もが美女だと認める容姿をしていながら、浴びせられるのは酷い罵声ばかり。

鎖で手足首を拘束されたまま兵士に引かれ、彼女は断頭台へと向かっている。広場の中央に設置されたそれは、鋭く光る刃が罪人の首を落とそうと待ち受けていた。

だというのに彼女はどこまでも真っ直ぐ前を見据えていた。髪も、肌も、服も、ボロボロに薄汚れているのに彼女の凜とした佇まいは変わらない。

「罪人、レセリカ・ベッドフォード！　罪状を読み上げる！」

無実だった。濡れ衣だった。彼女、レセリカには何一つ身に覚えのない罪の数々。どうしてこんなことに、と何度考えたことだろう。

レセリカは最後まで公爵令嬢として恥じないよう、必死で平静を装っていた。お腹の前で組まれた両手は人知れず小刻みに震えている。

罪状を読み上げられている間、レセリカは人生を振り返る。

幼い頃から「弱音を吐いてはならない」「隙を見せてはならない」「公爵令嬢たるもの完璧であれ」と言われ続けてきた。お前はいずれ王太子妃になるのだから、と。

自分の身分を考えれば、政略結婚も仕方ないと受け入れていた。それが決められた運命なのだと。

ならば恥じぬようにと、あらゆることを頑張ってきた。あらゆることを我慢してきた。

思えば、弟が誤って代々受け継がれてきた家宝の花瓶を割ってしまったあの時から、レセリカは色んなことをひたすら我慢するようになった。

当時はまだ冷静な判断が出来なかったため、叱られる恐怖に怯える弟をなんとか守りたくて「誰かが落としたのかもしれません」「危うく弟が怪我をするところでした」と周囲に告げた。

つまり、レセリカは嘘を吐《つ》いた。

本当は弟が割ったところを見ていたのに。簡単に頭を下げると周囲に舐められると教えられてきたことを、幼い彼女は「謝ってはならない」と解釈していたのだ。

子どもだったレセリカはただ、自分のことも弟のことも守りたかっただけなのである。

彼女の証言により、花瓶事件はまったく関係のない使用人が罰を受けることで決着がついた。

レセリカはあの時のことをずっと後悔している。

それ以来、困ったことがあった時も、何かを決断する時も、たびたび自分の心に嘘を吐く癖がついてしまった。

本当はあの時ちゃんと謝りたかったし、婚約者だった王太子殿下ともっとちゃんと話をしたかった。

嫌味を言ってくる令嬢たち相手に気丈に振る舞うのではなく、悲しいと伝えたかったし、誰かに相談したかった。

悪女と呼ばれることを許したくなかったし、酷く傷付いた。

やることが多すぎて倒れそうな時には弱音を吐きたかったし、人に助けを求めたかった。

でも、レセリカはそうしなかった。そうあれ、と言われ続けてきたからだ。

全てを一人で抱え込み、解決してきた。どんな仕事も顔色を変えることなく、完璧にこなすことが出来たのもこうなった要因の一つである。

『見て。相変わらず表情一つ変わらないわよ。やっぱり人の心がないんだわ』

『幼い頃から完璧すぎて不気味だったもんな……』

『おお怖い。あの顔で淡々と王太子殿下を暗殺したんだわ！』

『お優しくて素晴らしい殿下……きっと立派な国王様になったでしょうに！』

『人殺し！　王族殺し！』

『許せない！』

周囲の声が嫌でもレセリカの耳に入ってくる。

どうしたらよかったのか。どうしろというのか。

言われるがままちゃんと勉強をした。マナーもしっかり学んだ。誰も文句の言えない淑女としての振る舞いを身に付けた。全部言われた通り、やってきたことなのに。

だが、それこそが人を遠ざけ、レセリカを孤立させる要因となったのだ。

父親に似て表情の変化がほとんどなかったのも、それに拍車をかけたかもしれない。子どもの頃から冷徹令嬢と呼ばれ、遠巻きにされてきたのだ。

気付いた時には、根も葉もない噂がどうにもならないところまで広がっており、あれよあれよという間に反逆罪でこの通り。弁明もさせてもらえなかった。

「私の人生……なんだったのかしら」

レセリカは全てを諦めたように、口の中で呟いた。

「姉上！　姉上っ！」

「レセリカ様っ!!」

浴びせられる罵声の中、微《かす》かに彼女を呼ぶ声が聞こえてくる。弟のロミオと専属侍女のダリアだ。

（ああ、ロミオ！　ダリア！）

必死で叫ぶ二人は、兵士によって乱暴に取り押さえられた。レセリカの目に涙が浮かぶ。

罪人の弟ということで、ロミオにも罰が与えられることが決まっていた。さすがに処刑まではされないが、爵位をはく奪され、田舎の開拓地で無償労働を強いられるという。実質、奴隷だ。ダリアにいたっては、自分の次に処刑されることが決まっていた。

ただでさえ辛い未来が待っているというのに、ここで暴れてはロミオまで処刑されてしまうかもしれない。どうにかして止めたいとは思うものの、こんな時でさえレセリカは「完璧な令嬢像」に縛られてうまく声が出せずにいる。

「嫌だっ！　姉上ぇ!!」

「大人しくしろっ！」

「ロミオっ!!」

兵士がロミオの頭を強打した時、ようやくレセリカは声を上げることが出来た。意識を失った弟を目《ま》の当たりにし、レセリカは悔しさで震えが止まらない。

自分のせいで大切な人まで酷い目に遭ってしまう。それだけはどうしても許せず、何より悔しかった。そして、すぐに声を上げられなかった完璧な令嬢《自分》のことも。

「レセリカ・ベッドフォード！　……最期に言い残すことはあるか」

処刑人が告げる。レセリカは断頭台に頭を置かれ、目を閉じて唇を震わせながら掠《かす》れた声を出した。

「……どうか、弟のロミオに慈悲を」

反応はない。だが、もはやレセリカにはその願いを聞き届けてもらえるよう祈ることしか出来なかった。

（こんなことになるのなら……もっと自由に生きたかったわ）

次の瞬間、鋭く光る刃がレセリカの首へと容赦なく落ちていった。

けたたましい音が響き、レセリカはビクッと肩を震わせた。嫌な汗をかき、心臓が破裂しそうなほど脈打っている。

「……え？　い、生きて、る……？」

思わず自分の首に触れ、まだ頭と身体がくっ付いていることを確認した。おかしい。自分は間違いなく処刑されたはずなのに。

今度は自身の両手を見る。小刻みに震えているが、鎖で繋がれてなどいない。それよりも何よりも。

「小さい……？」

混乱する頭で自分の姿を確認するべく、手や足、服装を確認していく。罪人の着る白い服ではない、ちゃんとしたドレスだ。しかしこれは彼女が幼い時に着ていたもの。それをなぜ今、大人になった自分が着ているのか。

その答えはすぐにわかった。

「ロミオ……？」

顔を上げたその先で、弟のロミオが割れた花瓶を前に呆然と立ち尽くしている。先ほどのけたたましい音は、花瓶の割れる音だったらしい。

その光景にレセリカは再度、言葉を失う。なぜならこれは、忘れもしないあの事件の光景なのだから。

レセリカは慌ててロミオに駆け寄った。まずは怪我がないかの確認を。以前もこうしてロミオの無事を真っ先に確認した記憶があった。

「ね、姉様、どうしよう、ぼ、僕……！」

ロミオは自分がしでかしてしまったことを理解すると、ガタガタと震え始めた。それも、記憶にある通りだ。

これは、どういうことだろう。レセリカは混乱した。確かめるように床に散らばった花瓶の破片を手に取る。

「痛っ」

その鋭い破片で、レセリカは少し指を切ってしまったようだ。しかし怪我よりも何よりも、痛みを感じたことに驚く。

これは、夢なんかじゃないのだと気付いたからだ。

元来、レセリカは頭の回転が速い。特に今は七歳の頃の自分ではなく、十五歳の意識と記憶がある状態。荒唐無稽な話かもしれないが、恐らく自分はあの頃に戻ったのだろうと彼女は瞬時に理解した。

あれこれ考えるのは全て後回し。どうしてかはわからないが、自分に人生をやり直すチャンスが与えられたのだろう。レセリカはそう考えることにした。

「何ごとだ!?」

あの時と同じように、父親であるベッドフォード家の当主オージアス・ベッドフォード公爵が駆け付けた。他にも、父親付きの執事や使用人がたくさん集まってくる。

あの時の恐怖が蘇ってくる。怖くてたまらなかったから、七歳の自分は咄嗟《とっさ》に嘘を吐いてしまったのだ。ロミオはもっと怖いだろう。

つい先ほど、処刑される自分に向かって叫んでいた彼の姿が脳裏に浮かぶ。込み上げてきそうになる涙をグッと堪《こら》えて、レセリカは顔を上げた。

「大丈夫。姉様が守るから」

今の自分は、あの時の自分とは違う。レセリカは自分の背にロミオを隠す様にして立ち、父親が目の前に来るのを待った。

もう二度と、同じ過ちはしない。どうせあんな運命を辿ることになるのなら、もう我慢なんてしない。言いたいことを言って、したいことをする。周囲の評価なんてどうでもいい。せっかく与えられたチャンスなのだから、もっと自由に生きるのだ。後悔の、ないように。

「今度は、自分の心に素直に生きるわ……!」

口の中で呟き、レセリカは事情を問う父に向かって口を開いた。

「ごっ……」

「ご？」

とはいえ、レセリカはこれまで謝罪というものをしたことがない。素直に生きると決めたのはいいものの、なかなか言葉になって出てきてはくれなかった。しかし、ここで諦めたら一生後悔する。一度、それを経験しているのだから間違いない。

レセリカは勇気を振り絞って声を上げた。

「ご、ごめんなさいっ！」

恐らく初めてだろう、こんなにも大きな声を出したのは。レセリカの声がホールに響き、その場にいた全員が目を丸くしている。

「わ、私が、不注意で割ってしまいました……！」

「ね、姉様……!?」

言えた。ちゃんと謝れた。レセリカはそれだけで胸がいっぱいになる。

思い切り吸い込んで、吐ききれていなかった息をはぁっ、と吐くと、心臓が早鐘を打っていることに気付く。

実際は自分ではなく弟が割ったので、結局のところ嘘を吐いているのだがそれで良かった。弟を守りたかったし、なにより謝りたかった。それをどちらも出来たことが嬉しく、レセリカは達成感で満たされていた。

視界が涙で滲《にじ》む。これがなんの涙なのか、レセリカにはわからない。

淑女たるもの、人前で涙など流してはいけないと言われていたけれど、もう我慢するつもりはなかった。

レセリカは感情のままに、涙を溢《こぼ》す。

「ごめ、ごめんなさい……。ごめんなさい、お父様……」

一度溢《あふ》れ出すと、もう止まらなかった。次から次へと流れ出てくる涙はレセリカの顔を濡らし、服を濡らしていく。

つい先ほどまで断頭台にいた記憶もあったことから、恐怖や悲しさや絶望も一緒に押し寄せてきたようだ。身体も小刻みに震えている。

こんな風に泣けることが、レセリカ自身にとっても驚きだった。

「ち、違うんです！　父様っ、僕です！　僕が割ったんです！　姉様は、僕を庇って……うぅ、ぐすっ、ごめん、なさい……！」

そんな姉の背後で、耐え切れず弟のロミオが泣き出した。

ロミオは元々、感情表現の豊かな子であり、こうして泣くのはよくあることだ。しかし、せっかく庇ったのに自分で暴露してしまうとは。予想外の展開にレセリカは慌てて自分の涙をハンカチで拭った。

驚いたのはレセリカだけではない。父であるオージアスを含む、この場にいた全員が驚きで何も言えずにいた。

滅多に表情を崩さない、冷静沈着なベッドフォード家の長女が人前で泣き出すのを初めて見たからである。そもそも、物心ついてから七歳になる今まで見せてこなかった方が不自然なのだが。

「ぐ、ふっ……！」

オージアスの方から呻き声が聞こえ、レセリカは父に目を向けた。顔を横に背け、拳を口元に当てている。心なしか小さく震えているようにも見えた。

日々、自分たちに強くあれと説いてきた父のことである。情けない姿を見せたことで失望させたのかもしれない。しかし、それも想定内のこと。

レセリカはいかなる叱責も受ける覚悟が出来ていたし、処刑の恐怖に比べたらなんだって乗り越えられると思った。

だが、感受性豊かな弟が父に叱られたらきっとトラウマになってしまうことだろう。自分が叱られる分には構わないと思っているレセリカは、弟を守るため再び口を開く。

「違います、お父様。ロミオは何も……」

「ううん、僕のために嘘なんて吐かなくていいよ！　父様！　姉様を怒らないで！」

「そんな、ロミオ……っ。で、でもお父様！　ロミオもわざとではないんです！　どうか叱らないで……！」

オージアスはそんな二人を見て何かに耐えるように顔を赤くしていく。ああ、そんなにまで怒らせてしまったのだな、とレセリカは心を痛めた。申し訳ない、と。父の期待には応えたかったけれど、もう二度と後悔しないと決めたのだ。

変わりたい。そのためなら、このくらいはなんてことはない。罰は自分が受けるつもりだ。レセリカは確固たる決意で弟を後ろに庇った。

覚悟を決めて父の言葉を待ってはいたが、いつまで待っても沈黙しか返って来ない。言葉も出ないほどに呆れさせてしまったのかと焦ったが、オージアスの反応はレセリカの想像するものとは違った。

「……あー、ごほんっ。お前たち、怪我はなかったか」

庇い合う姉弟を前に、オージアスはわざとらしく咳ばらいをして訊ねてくる。

思わぬ質問だったが、レセリカは正直に答えた。ロミオは無傷だが、自分は軽く指を切ってしまった、と。それを聞いたオージアスの表情がスッと抜け落ちた。

無表情を地でいく彼の、色を一切なくしたその顔はかなりの迫力があった。この後、きっと恐ろしい処罰を与えるのではと思わせる無の表情。子どもたちはもちろん、近くにいた使用人も揃って肩を震わせる。

「……至急、手当てと片付けを」

しかしオージアスはレセリカの予想に反し、そのまま淡々と指示を飛ばして踵《きびす》を返す。彼の側近である執事バートンが真っ先に返事をし、慣れた様子で動きだした。

その様子に、呆気にとられたのはレセリカたちだ。

「あ、あのっ、お父様？」

そのまま立ち去ろうとする父親に、レセリカは慌てて声をかける。このままお咎めなしとはいかないだろうと思っていたからだ。

立ち止まった父親の背を見つめながら、レセリカは身を固くして言葉を待った。

きっと罰を与えられるだろう。そう思って緊張していたレセリカだったが、オージアスからはさらなる予想外の言葉が返ってきた。

「以後、気を付けるように。……大きな怪我もないのなら、それでよい」

「え……」

振り返りもせずに告げられた言葉を聞き、暫《しば》し呆然と立ち尽くすレセリカ。そのままじっくりと言われたことを脳内で反芻《はんすう》し、そして一つの可能性に思い至る。

もしかすると、父親も自分と同じで勘違いをされやすいだけなのではないか？　と。

思えば、前の人生の時だって自分が誰かのせいにしてしまったから、だから当主として使用人に罰を与えずにはおけなかったのかもしれない。

あの時のことは、全て自分の対応が悪かっただけなのだとレセリカは気付いたのだ。

「さぁ、レセリカお嬢様。手当てをいたしましょう」

「バートン……」

呆然としながら父親の後ろ姿を見送っていると、使用人たちをまとめていた父の専属執事がニコリと微笑《ほほえ》みかけてくれた。それからすぐにオージアスの後ろ姿に顔を向けて、どこか困ったように肩を竦《すく》める。

聡いレセリカはそれだけで、付き合いの長いこの人が父親の本心を見抜いているのだろうと悟った。

バートンはレセリカ付きの侍女ダリアに姉弟を任せると、すぐにオージアスの後を足早に追っていく。それを見送った後、レセリカはダリアの心配そうな顔を見上げた。

「レセリカ様、とてもご立派でしたよ。ロミオ様も、正直に打ち明けられてダリアは誇らしく思いました」

「そう、かしら。でも、結局なんのお咎めもなかったわ。私、叱らないでってワガママを言ったのに」

「ワガママ？　ふふ、それはとても可愛らしいワガママですね」

手際よくその場でレセリカの指を消毒しながら、ダリアは笑う。

「私は安心いたしました。レセリカ様がちゃんと泣けるのだと知れて」

「え……？」

それはどういうことだろう、と戸惑うレセリカに、ダリアは手元に視線を落としたまま言葉を続ける。

「ずっと心配だったのです。本当のお心を隠されているのではないかと。それはとても辛かろうと。ですからそれでいいのですよ、レセリカ様。我慢のしすぎは良くありませんので」

「で、でも。私、お父様に迷惑をかけてしまったわ。それに、人前ではしたない姿を……」

言いたいことを伝えられて良かったと思う反面、レセリカはまだほんの少し後悔する気持ちも抱えていた。

本当にこれでよかったのだろうか。使用人が誰も辞めることにならず、自分やロミオが叱られることもなかったが、淑女としては褒められた言動ではなかったのだから。

レセリカの言葉を聞いて、ダリアはゆっくりと顔を上げた。不安に揺れるレセリカの紫の瞳を覗き込むように見つめ、迷惑なことなどありませんと微笑む。ダリアの顔の横に垂れる赤みがかった黒髪が一房揺れる。なぜだかそれが妙にレセリカの目を惹きつけた。

「ご主人様は、お二人をとても愛していらっしゃいます。伝わりにくいのですけれどね。少なくとも、花瓶よりお二人を大事に思っていらっしゃると、おわかりになりませんでしたか？」

それを聞いて、レセリカはハッと目を見開く。

（お父様はやはり、ただ心配してくださっていただけ、なのね……？）

この家に仕えてそれなりに長いダリアも、父の本心に気付いていたようだ。

何もわかっていなかったのは、自分の方だった。自分はなんと浅慮だったのかと、レセリカは衝撃を受けた。

自分の目に見えるものだけが真実ではない。二度目の人生において、彼女はようやくそのことを学んだのである。


手当てを受け、レセリカは自室に向かいながら改めてこの奇妙な現象について思考を巡らせた。

自分は本当に七歳の頃に戻っている。あの恐ろしい記憶を持ったまま。

自室の前で笑いかけてくれる侍女のダリア。彼女は自分も処刑されるというのに、最後の最後まで味方でいてくれた。ダリアも一緒に処刑されることは身を引き裂かれるような辛さだったが、彼女は今、目の前で生きている。

「姉様、大丈夫、ですか……?」

ダリアの隣で目を潤ませて心配してくれる、心優しい弟のロミオ。彼もまた最後の最後まで自分を信じてくれたが、そのせいで奴隷のような生活が待ち受けていた。けれど目の前のロミオはまだ未来に希望のある六歳だ。

この時点で会ったことはないが、おそらく王太子殿下だってまだ生きていることだろう。何者かによって殿下が暗殺されるのは……約八年後。未来の国王を暗殺し、レセリカに濡れ衣を着せた犯人は今の時点ですでに計画を練っているのかもしれない。それを思うと身体が震えるが、恐れてばかりもいられないだろう。

自分も今は七歳で、こうして生きている。そしてたった今あの忌まわしかった花瓶事件の結末を変えた。知らなかった事実に気付けた。過去を、未来を、変えたのだ。

――――やり直せる。

もしかしたら、あの恐ろしい未来だって回避することが出来るかもしれない。いや、やらなくては。あの未来を知っているのは恐らく自分だけなのだから。

レセリカは胸の奥が熱くなるのを感じた。

自分がきちんと意見を言うことでうまくいくかはわからないが、伝えなければ良い方にも悪い方にも、何も変えることは出来ない。

（勇気を出さなきゃ）

素直に謝っても、人前で泣いても、咎められることはなかった。それどころか、身を案じてくれた。そのことがレセリカの自信に繋《つな》がる。

もちろん、今後も全て良い方に転がるとは限らない。だからこそ言動に責任を持つことが重要になるとレセリカは考えた。本質は変わらず、真面目な性格である。

（まだわからないことだらけだけれど……少なくとも、前ほど我慢はしなくていい、のよね？）

七歳のレセリカの胸に、希望の光が灯った。

◆　◇　◆

執務室で仕事をしている時に、オージアスは階下で大きな陶器の割れる音を聞いた。彼は近くで仕事をしていたバートンと目を合わせると、すぐに執務室を出て共に階下へ向かう。

駆け付けた先の玄関ホールで二人が見たのは、飾られていた花瓶が床に落ちて割れ、散らばっている光景。そしてその側で、オージアスの娘と息子が呆然と立ち尽くしている姿だった。

早足で子どもたちに近付いたオージアスは、すぐに事情の説明を求めた。子どもたちを心配するあまりいつも以上に顔は強張り、声は低くなっている。それが威圧的に感じたのだろう、子どもたちは二人揃って身体を震わせた。

オージアスはまたやってしまった、と眉根を寄せる。彼は自分が表情の変化に乏しく、人から怖がられる顔立ちであることを自覚していた。

だからこそ子どもたちを怖がらせぬよう、接するのも必要最低限にしているのだ。それがまた、父親の気難しさを子どもたちに感じさせているのだが、本人は良かれと思っての行動であるため全く気付いてはいない。

怖がらせるのは本意ではないが、このまま何も言わないわけにはいかない。危険なことはきちんと叱ってやらねばならないのだ。

普段なら使用人にその役目を任せているが、現場を見てしまった以上、親である自分の仕事であるとオージアスは考えている。

（だが、やはり子どもたちは私に叱られるのを恐れている。あんなにも青ざめて……）

オージアスは動揺した。もはや何を言っても子どもたちに恐怖心を植え付けてしまう気がするからだ。

確かに、割れた花瓶は代々受け継がれてきた貴重なものだが、子どもたちに怪我がないならそれでいいと思っているのに。

言葉が出て来ずただ黙っていると、オージアスにとって予想外のことが起きた。娘のレセリカが涙を流しながら自分がやったと訴えてきたではないか。

普段、ここで真っ先に泣くのは弟のロミオだ。彼は母親に似て感情表現が豊かである。一方、レセリカは父親に似て感情を露わにすることが滅多にない。そんな娘、レセリカが涙ながらに訴えてきたのだ。これにはオージアスも溜まらず変な声が出た。

（普段は気丈に振る舞っているだけだったのか？　ずっと我慢してきたのか？　……そういえば娘はまだ七歳の子どもであった。自分に似て感情を露わにしないということは、本音を胸の内に秘めているということだ）

もしや娘は、自分と同じような悩みを抱えているのではないか、とオージアスは混乱しながらも瞬時にそのようなことに気付かされたのである。

さらに、上目遣いで涙目の娘のなんと愛らしいことか。小刻みに震える姿の健気さも予想以上にオージアスの胸に突き刺さった。

（ああ、姉弟愛よ……！）

加えて、子どもたちの尊さに身を震わせる。互いを守ろうと必死で庇い合うその姿。叱られるのは怖いだろうに、自分が叱られるべきだと譲らない勇気。そんな二人の姿は、オージアスの心を鷲《わし》掴《づか》みにした。

そう。オージアスは昔からずっと、子どもたちのことをひたすら溺愛しているのである。

自分の思いが子どもたちの成長の妨げになる可能性を考えて距離を置いたこと、足りなすぎる言葉、誤解されやすい態度。それらが全て悪い方へと向かってしまう。

人から悪印象を持たれてしまうその性質は、残念なことに娘レセリカへ見事に受け継がれているのだ。不憫《ふびん》極まりない。

「そんなにお悩みになるなら、本音をお嬢様方に打ち明けてみてはどうです？」

「……そんなこと出来るわけがないだろう。この話は終《しま》いだ。仕事に戻れ」

執務室に戻ると、バートンが小さく微笑みながら主人に進言してくる。しかしオージアスの返事は相変わらずだった。

バートンが憂いているだろうことはオージアスも薄々は感じ取っている。妻のリリカが亡くなった後、家族仲が不安定になっていくのを目の前で見てきたのだから当然といえた。

その原因が、人付き合いが下手すぎるオージアスにあるということも、バートンは察しているのだろう。オージアスとて、自覚はあるのだ。血の繋がった家族だというのに、不器用を極めている。いや、もしかしたら実の子どもだからこそ愛が大きすぎるゆえにどう接すればいいのかわからないのかもしれなかった。オージアスはずっと、解決策が見出せないでいるのだ。

「少しだけ、考えてみてはいただけませんか？　おそらく、レセリカ様はお気付きですよ。七歳とは思えぬほど聡明なお嬢様です。せめて、話を聞くくらいはされても大丈夫かと」

「……終いだと言ったはずだが？」

「……出過ぎた真似をいたしました」

その悩みにも気付いているのだろう。バートンは時々このような助言をしてくる。だがオージアスはその度に不機嫌を露わにしながら断っていた。彼もまた、気にする風でもなくあっさり身を引くのがいつものやり取りだ。

毎度オージアスはかなり迫力のある顔をするのだが、彼は動じない。主人が本気で怒っているかどうかなどお見通しなのだろう。これが他の者だった場合は泣いて震えながら仕事に戻っているかもしれない。

オージアスは、家族について誰かに相談する気はなかった。気恥ずかしさと、己のプライドが邪魔をするのだ。

とはいえ、今回は珍しくバートンの意見に一考の余地があると考えていた。しかし、実際に娘と話せるかというと話は別だ。

（何を話せというのだ。いや、話を聞くのだったな）

仕事の手を緩めることなく、同時に思考を巡らせていく。そういえば、そろそろ社交界デビューの年頃だ。

この国の貴族は七歳から九歳の間にデビューをするのが通例となっている。子どもが主役のそのパーティーは「新緑の宴」と呼ばれ、年に一度、王城の小さい広間や庭で春先に行われていた。七歳でデビューしたとしても、九歳までならその後のパーティーにも出席出来る。もちろん、欠席してもいい。とにかく期間内に一度は顔見せをするのが習わしであった。

オージアスとしては、ギリギリまで社交界デビューをさせたくはなかった。公爵家との繋がりを求める婚約の申し込みが来るようになるのは面倒だからだ。それになにより。

（大切なリリカの忘れ形見。そう簡単に他所《よそ》の男にくれてやるものか）

オージアスは割と重度な親馬鹿なのである。相手が王太子であっても関係のないことであった。むしろそちらの方が娘に苦労をかける。もちろん優秀な娘のことだ。王太子妃として選ばれるのは当然とも思っている。そうなってもいいように十分な教育も受けさせてきた。相反する思いを同時に抱え、矛盾した行動をする面倒な父親である。

そんな彼が最も優先したい本音は、可愛い娘をあまり見せたくないというもの。変な虫に捕まりでもしたら大変だと懸念しているのだ。

まだ七歳の娘に対して過保護すぎる考えである。思いは一切伝わっていないのだが。

（今年の新緑の宴はもう終わった。来年なら、ロミオもデビュー出来る。エスコートの相手に悩むことはないが……もう一年待ってもいいかもしれない）

オージアスは悩んだ。年頃の娘というのはパーティーに憧れがあると聞く。それに次の新緑の宴ではこれまで一切表に出てこなかった王太子殿下もデビューするはずだ。

殿下目当てに令嬢は大勢くるだろう。きっとこれまでより盛大なパーティーとなる。おそらく、場所も大広間になるだろう。

（人が多ければ、レセリカに集まる視線も分散されるかもしれないな。だが、レセリカの子どもとは思えぬ気品や美しさに視線は嫌でも集まるに違いない。やはりもう一年待つべきか……）

親馬鹿思考でかなり贔屓《ひいき》目に見ていることは間違いないのだが、実際にレセリカは注目されるだろう美しい少女だ。あながち間違いでもない。

（し、しかし。もしレセリカが行きたいと思っていたら？　私のように主張しないだけで、本当はパーティーに憧れているのだとしたら？）

特に大広間でのパーティーは少女の夢だと耳にしたことがある。王太子へ憧れない令嬢はいないということも。

レセリカに限ってそんなことはないだろうとは思うものの、自信はない。つい先程、レセリカも本音を隠しているのではと気付いたのだから余計に。

（レセリカと話す機会にもなる、か）

こうして、オージアスは娘と話す理由を得た。話題がないと呼べないとは、なんとも不器用である。しかもオージアスの心配は杞憂《きゆう》であり、レセリカはパーティーへの憧れも王太子への憧れも一切なかった。

ただこの選択が、レセリカのこれからに大きな影響を与えることになる。

◆　◇　◆

花瓶事件の後、レセリカは自分の置かれた状況をきちんと整理することにした。紙とペンを持ち、思い出せる限りのことを書き出していく。

もちろん、全てではない。印象に残った事件や、後悔したことなどを中心に、である。

「一番の心残りは、ほとんど殿下にお会いしなかったことかしら」

前の人生で、レセリカは自分の婚約者とあまり関わることがなかった。

そもそも王太子である婚約者があまり表に出てこないからでもある。幼い頃に暗殺されかけたことで人間不信になり、それ以降、人前に出るのを極端に嫌がっていると聞く。

そのため殿下をあまり刺激しないよう、レセリカは殿下とは違う学校に通うことを決めたのだ。婚約しているのだから、どうしても会う機会はある。それ以外で会う機会を増やして、殿下の気を煩わせたくないと考えたのだ。……遠慮のしすぎである。

ただそれは、レセリカにとって王太子への気持ちはそんなものであったということでもある。時期がきたら結婚して子を産む。そのお役目さえ果たせばあまり会わなくても問題はないと思っていたのだ。その後は側室を迎えてもらっても構わない、自分は王妃としての仕事を恙《つつが》なくこなすのみだ、と。

その考えは今もほとんど変わっていないのだが、断罪されるキッカケとなった王太子暗殺の報《しら》せを聞いた時のショックは大きい。今も身震いするほどには痛ましいと感じていた。

このまま何も手を打たずにいていいわけはないだろう。レセリカは走らせていたペンの動きを止め、考えに耽る。

……止められないかもしれない。暗い考えが脳裏に過《よぎ》る。

王太子暗殺事件がキッカケとなり、自分は処刑されることにもなったのだ。事件のことなど、殿下の死以外は何一つ知らなかったというのにどう止めようというのか。

(処刑されたくないっていうのが本音だけれど、殿下を死なせてしまうのは絶対に良くないわ。なんとしても阻止しないと)

そのためには、以前と同じような距離感ではダメだとレセリカは考える。人間不信である殿下の負担にならない程度に歩み寄る必要がある……のだが、人と接するのが苦手なレセリカにとっては難題だ。

(勉強してわかることだったらどれほど楽か……)

しかし、弱音を吐いてはいられない。動かなければ未来は何も変わらないのだから。

前の人生において、婚約の申し出は王太子側からであった。レセリカは公爵令嬢であるから身分も申し分ない。幼い頃からそれを想定した教育も施されてきたし、社交界では幼い頃からレセリカの能力が高く、最も有望だと噂されていた。それは今も同じだ。

ベッドフォード家としても申し出が来た時はなんら不思議に思うことなく、むしろ当然とばかりにすんなりと受け入れていたはず。婚約する年齢も社交界デビュー時期と、妥当だった。

レセリカはペンを走らせながら記憶にある十六歳の王太子の姿を思い出す。同時に恐怖の記憶も思い起こさせるのだが、インクの匂いが気持ちを落ち着かせた。

アッシュゴールドの髪に空色の瞳をした王太子、セオフィラス・ロア・バラージュ。

整った容姿に穏やかな性格、それでいて真面目で聡い王太子は令嬢たちを魅了していた。辛い過去を表に出すことなく、誰にでも向けてくれる優しい微笑みは乙女のハートを撃ち抜くのに十分だった。

加えてあまり表舞台に立たないことから、わずかに見た時の印象が尾ひれをつけた噂として広まっている。謎の多いミステリアスさも令嬢たちの恋心を燃え上がらせていた。

本来ならば、学園生活中に婚約者を見付けてもらいたいと国王は思っていたそうなのだが、王太子本人の希望でその前に決めたということだった。人間不信であった彼は、学園生活中に複数の令嬢から声をかけられる方が苦痛だったのだ。

候補者の絵姿を並べられ、それぞれの簡単な紹介を従者から聞かされたセオフィラスは、深く悩むこともなくあっさりとレセリカを選んだという。

選んだ基準は家柄だろうとレセリカは思っている。大きな問題がないのならば家柄順に選ぶのが妥当だと、自分でも考えるからだ。

「確か婚約の話が出てきたのは、殿下が新緑の宴に出る半年ほど前。もう一年もないわね……」

セオフィラスは九歳の時にようやく社交界に姿を現し、デビューと共にその場で婚約の発表をした、らしい。

らしい、というのもその新緑の宴にレセリカは出席していないからだ。本来ならば婚約者として出席すべきだったはずなのに。今考えると不思議である。

「なんとなく作為的なものを感じるわ。お父様か国王様か、他の誰かか……。もしかすると殿下ご本人が嫌がったのかも。急な話で準備が出来なかったことも考えられるわね」

実際は過保護なオージアスのせいであるが、レセリカは知る由《よし》もない。

「でも、今回は絶対に次の新緑の宴で私もデビューしないと」

もしかするとその時からレセリカの悲運は始まっていたのかもしれないのだから。

ならばレセリカの次なる目標は王太子に会うこと。彼のことを知り、周囲のことも調べ、出来る範囲で危険を遠ざけるためには少しでも仲を深める必要がある。彼に近ければ近いほど、あらゆる情報が手に入りやすいからだ。

「来年のデビューなら……まだ準備も間に合う、わよね？」

以前は、言われるがままだった。デビューがいつだとか、そんな話もギリギリになるまで聞くことはなかったし、レセリカも無理に聞いたりはしなかった。実に聞き分けのいい娘だったのだ。

だが、それはただ人任せにしていただけの無責任だったとレセリカは反省した。これからは自分の頭で考え、選んでいかなければならない。

もしそれで悲運を辿ったとしても、それは全て自分の責任として納得出来る。逃れられぬ運命だというのなら、せめて後悔はしたくなかった。

だから、今回は流されるわけにはいかない。

「今度はお父様に、次の新緑の宴に出たいと、そうワガママを言わなきゃいけないのね……！」

レセリカにとってはかなりハードルの高いミッションである。これまで誰かに、自分のためだけのお願いなどしたことはないのだから。

とても辛い時、熱を出した時でさえ人に助けてと伝えられないほどの拗《こじ》らせぶりである。父親になんの前触れもなく何かをしたいと言うなど、以前では考えられないことだった。

「私に出来るかしら……」

弱気になりかけたレセリカの脳内に、忌々しい記憶が蘇る。

カビ臭く薄暗い地下牢、冷たい鎖の感触、人々の罵声に……鋭く光る断頭台の刃。

それらを思い出してレセリカはブルリと身を震わせた。

レセリカはペンを置き、軽く自分の頬を両手で叩く。そして、今後も弱気になりそうな時はこれを思い出そうと決めた。

本当はすぐにでも忘れたい記憶だったが、覚えていることが自分を奮い立たせる。身も心も人形のような自分からは卒業だ。レセリカは再びペンを取り、やるべきことをメモしていった。

レセリカが決意をしてから数週間が過ぎた。

あれだけ気合いを入れたというのに、レセリカはなかなか話しに行く勇気を出せないでいた。まだ思い出して書き残さないといけないことがあるだとか、勉強もしなければ、などと自分に言い訳をしては寝る前に落ち込む日々。

このままではいけない。そう思い直したレセリカは大きな一歩を踏み出した。勇気を振り絞って執事のバートンに父と話したい旨を伝えたのだ。

すると予想外にも、今ならお時間が取れると思いますよと言われ、現在、執務室に向かっているところである。

あまりにも急すぎて、緊張が一気に押し寄せてくる。しかもバートン曰《いわ》く、オージアスからも話したいことがあるというのだ。

バクバクと鳴る心臓をどうにか抑えつつ、レセリカの冷静な頭は別のことを考える。

この時期に父親に話したいことがあると言われたことなどあっただろうか、ということだ。レセリカは記憶を辿った。だが、思い当たることはない。

とはいえ、いくら記憶力のいいレセリカといえど全てを思い出せるわけではないのだ。覚えていないだけで、そういうことがあったのかもしれない。

(記憶に囚われすぎてもダメね)

なにはともあれ、せっかく訪れたチャンスである。何度も小さな深呼吸を繰り返したレセリカは、父オージアスの執務室の前で淑女のスイッチを入れた。

「レセリカ様をお連れしました」

バートンが執務室のドアをノックして声をかけると、中からはすぐに返事があった。どことなく戸惑ったような声に聞こえたのは、娘が来るとは思っていなかったからだろう。

そのままバートンにドアを開けてもらい、入室したレセリカは父の座る執務机の前に立つ。

「お仕事中に失礼いたします、お父様」

「うむ」

背筋を伸ばし、凛とした立ち姿のレセリカ。とても七歳とは思えない気品が漂っている。特にここ数日でグッと大人っぽくなったように見え、オージアスやバートンも一瞬目を奪われるほどだ。

実際、中身が急に大人になったようなものではあるのだが、そんなことなど知る由もない。

今のレセリカにはどこにも隙がない。あまりにも完璧すぎて、誰も彼女に文句を言うことは出来まい。これならどこへ嫁に出しても問題はないだろう。

とは言っても、オージアスはまだレセリカを嫁に出す気などサラサラないのだろうが。

「……」

「……」

しばらく無言が続く。オージアスのペンを持つ手が動いている以上、レセリカもなかなか声をかけられずにいるのだ。

だが少々、沈黙の時間が長すぎた。痺れを切らしたのはバートンである。

「オージアス様、用件をお伝えしないと」

「わ、わかっておる」

優秀な執事である。

オージアスはようやくペンを置くと、話を切り出した。

「……社交界デビューの話だが」

「！　はい」

これは記憶にもない、初めての会話だ。レセリカは瞬時にそう判断した。

花瓶事件で何かが変わったのか、もしくはそれ以降の自分の何かがキッカケだったのかはわからないが、過去にはなかったやり取りが今なされていることだけはわかる。

心拍数が上がり、緊張でレセリカの指先が冷たくなっていく。

「お前は七歳。だが、今年の新緑の宴はすでに終わっている。次は来年になるのだが……」

いよいよだ。もしかしたら、来年デビューをという話かもしれない。レセリカの胸は高鳴った。

「……再来年で、いいな？」

「え……」

そして一気に地に落とされた。まさか、確認のためだけだったとは。

もはや決定事項とでもいうような言い方に、レセリカは目の前が真っ暗になりそうだった。

ちなみに、当然オージアスにそんな意図はない。レセリカに選ばせようと思っているのだが、どうしても隠しきれぬ本音が溢れてしまった結果、このような聞き方になってしまっただけである。

（い、いいえ。ここで引いてはいられません！）

レセリカはギュッと小さな手を握りしめた。自分は変わるのだ、と。

「あ、あの」

「なんだ」

普段なら、父の言うことには二つ返事で了承する。今の質問だって、それでいいな？　と聞かれたら「はい」と答えるだけだ。

しかし、レセリカは勇気を出した。緊張でほんのり頬が上気する。瞳は潤み、まるで小動物のように小刻みに震えてしまうが、そんなことは気にしていられない。

「次の新緑の宴に、出席してはダメ、でしょうか……？」

レセリカ・ベッドフォード七歳。やり直し前の人生を入れて苦節約十五年。

生まれて初めて己のためだけに主張した、精一杯の本音《ワガママ》であった。

「ごほんっ、失礼」

耐え切れず咳き込んだのはバートンだ。後ろ姿しか見えていないバートンでさえ、その震える身体と健気さに動揺した様子である。何せ、レセリカが自分の主張をするなどほとんど見たことがないのだから。

それを正面からおねだりされたオージアスの心中たるやお察しであった。

二人からしてみればレセリカの主張はワガママではなく、可愛らしいおねだりのようなものだ。普段はあんなにも冷静で頭の回転も速く、聞き分けの良い完璧な令嬢だというのに。

だが今、目の前にいるレセリカはどうだ。恥ずかしそうに不安で揺れる潤んだ瞳と縮こまった身体。年相応の美少女にしか見えない。先ほど隙のない立ち姿を見せてくれた娘とはとても思えないとオージアスも感じていることだろう。あまりにも愛らしく、弱々しい。

レセリカ本人はいたって真面目だ。だが、ずっと黙ったままの父親にだんだん不安は大きく膨れ上がっていく。

ちなみにこの時、平常心を保つためにオージアスが心の中で素数を数えていたのは余談である。

「あの、お父様……？　その、無理を言ったようでしたら、申し訳ありま……」

「いや！　……いや、構わない」

気持ちが落ち着く前に話しかけられたからか、オージアスはやや食い気味に答えてしまう。ドア近くに立つバートンが小さく吹き出した。

娘に気付かれぬようバートンを睨んだオージアスは、ようやく気を取り直してレセリカに告げる。

「来年の、新緑の宴でデビューしたいと言うのだな？　理由は？」

その質問は当然、聞かれると思っていたことだ。レセリカはここが頑張りどころだと瞬時に判断した。

すぐさま、スッと表情を引き締め、背筋を伸ばして淀みなく答えていく。

「はい。一度、王太子殿下にご挨拶をと思いましたので。殿下は私の一つ上と年齢も近いですから。この国に住まう公爵家の娘として、いくら殿下が人と会うのをあまり好まないとはいえ、学園に通われる前に一度もご挨拶をしないというのはいかがなものかと。そのためには来年の新緑の宴に参加するのが最も適切であると判断いたしました」

概ね、本音である。本当の理由を伏せているだけで、次の新緑の宴に参加したいという理由はこれが全てであった。

レセリカの説明を聞いたオージアスは、再び切り替わった娘の隙のない態度にキュッと眉間にシワを寄せる。そろそろあまりの温度差に風邪をひくかもしれない。

しかしおかげで乱れていた心が落ち着きを取り戻し、冷静になった頭で考えることが出来たといえよう。オージアスは暫しなにやら黙考した後、口を開いた。

「ふむ、一理ある。それがお前の望みなのだな？」

「望み……はい。そうです、お父様」

確認する際のオージアスの目がほんの僅かに柔らかいものになっていたので、レセリカは少しだけドキリとした。絵姿に描かれた母を思い出させる優しい眼差しだったのだ。子を思う、親の目。

「では、ロミオもだ。姉弟同時にデビューするというのなら許可する」

「！　ありがとうございます、お父様！」

まだ弟のロミオに確認はしていないが、最も難関であった父の説得は達成することが出来た。ミッションを一つこなし、レセリカはホッと胸を撫で下ろす。

なお、レセリカの無意識に弾んでしまった歓喜の滲む声が、またしてもオージアスの心臓を鷲掴みにしたのは言うまでもない。


父の説得がうまく行った数日後、レセリカは弟のロミオの部屋を訪れた。

「社交界デビュー、ですか？　来年？　ぼ、僕と姉様が？」

次のミッションはロミオの了承を得ることである。こちらの都合で弟に無理をお願いすることになるのは申し訳なかったが、これもあの運命を変えるため、とレセリカは自分に言い聞かせていた。

「そうなの。どうしても来年の新緑の宴に出席したくて。お父様がロミオと一緒なら許可してくださったの」

まだ先のことだと思っていたのだろう、ロミオは予想もしていなかった話に目を白黒させていた。

その様子を見て余計にレセリカの罪悪感は膨らんでいく。

「勝手に決めるようなことになってしまってごめんなさい。どうしても一度、殿下にお会いしておきたかったの」

「殿下に……」

レセリカが理由を述べると、ロミオはほんの少しだけ不機嫌そうに目を細めた。

わかりやすい表情の変化にレセリカは少々怯《ひる》んだが、ここで引いては父を説得する難関を突破した意味がなくなってしまう。表情は変えず、内心ではドキドキしながらレセリカは続けた。

「ええ。再来年には、殿下はもう学校に通われるでしょう？　殿下はまだデビューしていらっしゃらないから、確実に次の新緑の宴に出席なさるわ。公爵家の者として、一度も挨拶をしないのはよくないと思ったの」

「公爵家の者として……。えっと、理由はそれだけ、ですか？」

「？　ええ。それだけよ」

本当は婚約者になるであろう相手をちゃんと知るため、というのが理由だが、今はまだ婚約者ではないので言えない。

そもそも、今回もまた同じように婚約者として選ばれるかもわからないのだ。もちろん、レセリカはそうなる可能性はとても高いと思っているが。

嘘は吐いていない。一度挨拶したいだけという理由にも嘘はないはずなのに、まるで弟を騙しているようでレセリカは心苦しさを感じていた。

「……僕はてっきり、殿下のお噂を聞いて姉様が興味を持ってしまったのかと」

「お噂？　殿下の？」

しかし、ロミオの反応はレセリカにはよくわからないものだった。拗《す》ねたように口を尖らせたり、ホッとしたように肩の力を抜いたりと、忙しそうに感情が動いているのはわかるのだが。

「そうです！　殿下は、それはそれは整った容姿でいらっしゃるという噂ではないですか！　それに、穏やかでありながら剣の腕も勉学も優秀だと。令嬢たちがこぞって殿下に心を寄せていると……」

首を傾《かし》げるレセリカに、ロミオは急に拳を作って熱弁し始めた。思ってもみなかった弟の反応に、今度はレセリカが目を白黒させる。

「姉様はあまりご興味がおありでないと安心していたのに……やっぱり殿下のような素敵な方に心を寄せているのかと、思って……」

「まぁ、私が殿下に心を？」

要は、やきもちであった。ただ、それも無理もない話ではある。

ロミオが生まれて間もなく母は亡くなり、世話をしてくれる乳母や侍女はいたが、家族として最も愛を注いでくれたのは他でもない姉であるレセリカだったのだから。

そのため、ロミオの姉に対する愛はとてつもなく大きい。他の誰かに取られるのではないかと心配で仕方ないのである。

「あり得ないわ、ロミオ。一度もお会いしたことがないのよ？　お姿だって絵姿でしか見たことがないわ。それにお人柄も噂だけで判断は出来ないでしょう。ロミオは違うの？」

「ちっ、違いません！　ただ、その、本当に素敵な方だと聞いたし、王太子殿下だし……」

最後の方はブツブツと独り言のようなことを言い始めて、何を言っているのかは聞き取れない。

だがレセリカは弟が可愛らしい嫉妬をしてくれているのだと気付いた。姉を取られたくないと思ってくれているのだと。

これが本当に七歳の自分であったなら、何を不満に思うことがあるのだろう、としか思えなかっただろう。しかし今の自分は一度、短いながらもそれなりに人生を過ごしてきた経験と記憶がある。

姉として、ロミオの様子からそれをすぐに察せたのは良かった、とレセリカは感じた。

「ねぇ、ロミオ。パーティーでは貴方がこの姉をエスコートしてくれないかしら」

「えっ、いいんですか!?」

「もちろんよ。お父様もそうおっしゃってくれたし、私からもお願いしたいわ」

姉が大好きなロミオは、その言葉に俄然やる気を出した。ギュッとレセリカの手を両手で握ると、目をキラキラ輝かせながら了承の意を伝える。

「僕、きっと立派に務めてみせます！」

「ええ、楽しみにしているわ。引き受けてくれてありがとう、ロミオ」

引き受けてくれたことへの安堵と可愛らしい姿を見せてくれた弟に、レセリカは口元に小さく笑みを浮かべた。

それは心から喜んでいる笑みだった。滅多に表情を変えないレセリカの貴重な微笑み。ロミオはしっかりと記憶に刻み込もうとしているかのように、姉をうっとりと見つめ続けていた。筋金入りの姉好きである。

ちなみにこの時、ロミオは美しい姉に言い寄る羽虫から絶対に守ろうと誓っていた。パーティーで着飾った姉はさらに魅力的になるだろうからと。そのためには強くならねばとも。

父と同じ文官を目指していたロミオだったが、この日からあまり身の入っていなかった剣の訓練にも打ち込むようになるのは余談である。

性格は真逆だが、紛れもなくオージアスの息子だ。レセリカが直々にエスコートを頼んだことで、ここに小さなナイトが誕生したのであった。

二章　社交界デビューの下準備

　ベッドフォード家はこれまで、殺伐とした雰囲気が漂っていた。妻のリリカが亡くなったことで、オージアスは子どもとの接し方がわからず、溝を深めていったのだ。

　加えて、聡いレセリカは父に迷惑をかけぬようにと人一倍の努力をしたし、感受性が豊かなロミオは父を怒らせぬようにと大人しくなっていった。親子が互いに顔を合わせなくなっていったことで、すれ違いや誤解が生まれやすくなっていたのだ。

　とはいえ、子どもたちは二人とも決して父のことを嫌ってはいない。尊敬していたし、望まれたようにあろうと努力する素直な心を持っている。だが、お世辞にも父親を好いているようには見えなかった。

　不仲ではないのに常に緊張感が走っている。ベッドフォード家とはそういう場所になっていたのだ。

　それが、レセリカが少し意識を変えただけであの頃の平和が訪れようとしている。

　レセリカは先の一件から、父がただ不器用なだけかもしれないと気付いた。相手を知るには、関わる必要があると学んだレセリカは、父に出来るだけ毎日会うようにすることから始めた。

最初は、毎日欠かさず父の顔を見て挨拶をするだけだった。挨拶は毎日同じであったし、オージアスも「ああ」と一言返すだけの素っ気ないものだった。しかも、互いに無表情。傍《はた》から見たら、仲が悪いのではと思われることは間違いない光景である。

だが、これまでを知る使用人たちからしたら劇的な変化であった。そもそも、親子が顔を合わせることが自体が稀だったのだから。

しかも日々、確実に雰囲気が柔らかいものへと変化しているのを使用人たちも肌で感じていた。毎日この屋敷で働き、家族を見守ってきた者なら誰もが気付いた変化である。おかげで屋敷の居心地は格段に良くなっていた。

ただ、レセリカにそこまでの意図はない。

(あんな未来が来ないようにするつもりだけれど。家族との時間を大切にしたいわ)

忌まわしき断罪の記憶を思い返す度に湧き上がる、いつか急に家族と別れてしまうかもしれないという恐怖。

後悔しないために今を大切にする、というのが理由だった。

そのため、ロミオとも一緒に過ごす時間が増えている。勉強を教えたり、休憩の時間を合わせてお茶をしたり、護衛をつけて一緒に街へ出かけたりもした。ロミオにとってはパラダイスタイムである。

結果、感情豊かなロミオの明るい声がまた屋敷に響くようになったのだ。まるで、リリカが存命だった時のような明るさが屋敷に戻ってきたのである。

今日も、仲の良い姉弟が庭でお茶をしている。二人の話題は新緑の宴についてであった。

「姉様、当日はどんなドレスを着るのですか?」

「まだ決めていないわ」

「そうなんですね! じゃあ、どんなドレスが好きですか?」

「どんな……」

弟の無邪気な質問に、レセリカは思わぬところで頭を悩ませてしまう。実のところ、自分の好みなど考えたこともなかったのだ。これまでは与えられたものを素直に受け入れるだけしかしてこなかった弊害である。

一方、まさか姉がこの質問でここまで悩むとは思ってもみなかったロミオは焦り出す。

「姉様なら、どんなドレスでも似合うに決まっていますけどね!」

その様子に、レセリカは気を遣わせてしまったことに気付く。

「ありがとう、ロミオ。今度来てくださる仕立屋の方に、色々と見せてもらうことにするわ」

優しい弟に癒されつつも、自分の好みすら自分で知らないことに少しだけショックを受けたレセリカであった。

そんな話をした数日後、屋敷に仕立屋がやって来た。それも、巷《ちまた》では知らない者などいない有名な「仕立屋ジョイス」だ。

貴族御用達の仕立屋ジョイスは、従業員も腕利きが揃っており、誰に頼んでもその出来は素晴らしいと評判である。

依頼するには長い月日を待つか、誰かの紹介状が必要となっている。特に最も腕が良く、店のオーナーでもあるレディ・ジョーにドレスを頼むのは世の令嬢たちの憧れでもあった。

そして今日。ベッドフォード家にはそのレディ・ジョーが直々に来てくれている。それもこれも、オージアスが無理に予定を捻じ込んだから、らしい。

「ああ、これなんていかがでしょう。お嬢様は本当にお美しいからどんなドレスでも似合ってしまいますわぁ」

貴族のワガママに付き合わされ、内心ではさぞ苛立っているだろうに、レディ・ジョーは不満を表に出すことをしない。仕事は仕事として割り切っているのだろう。彼女は仕事にプライドを持つ、芯の強い女性のようだ。

「やはり、瞳の色と同じ紫のドレスですわね。デビュタントのドレスとしては少々大人っぽくなりますが、レセリカお嬢様なら完璧に着こなせるでしょうし」

ただ、やはりどこか思うところがあるのだろう。そう言いながらレディ・ジョーが指し示したのは、当たり障りのないデザインのドレスだったからだ。依頼である以上、裁縫の手を抜くことはないだろうが、わざわざそれ以上のアドバイスなどはしてやるまい。そんな意思がプンプンと彼女から漂っている。

たっぷりとした赤毛の長身美女、レディ・ジョーは人当たりが良い外面の裏で、実は人の好き嫌いがハッキリとした気難しい人物でもあった。

とはいえ、彼女のレセリカへの印象はなかなかの高評価であるようだ。

それもそうだろう。レセリカのホワイトブロンドのサラサラとした髪は、手入れも行き届いていて天使の輪が見えるし、珍しい紫の瞳は理知的で見る物を惹きつける。姿勢も良く、体幹も鍛えられているのが見ただけでわかるほどだ。

その上、このくらいの年齢の令嬢にありがちなワガママを言うでも、文句を言うでもなく、ただ黙ってこちらの説明に耳を傾けているところが良かったのかもしれない。

煌《きら》びやかなドレスカタログや布地を前に、頬を紅潮させるでもなくただ……ひたすらに無表情で。

そんなレセリカの様子に、レディ・ジョーは笑顔を引きつらせていた。彼女としては、うるさくされるよりずっとマシではあるものの、何の反応もないのも困るといったところか。

「……お嬢様には笑顔が足りませんわね」

きっと父親に似たのだろうとでも言いたげに、レディ・ジョーが憐《あわ》れみの籠《こも》った目線をオージアスに向けた。その意図を正しく受け取ったオージアスは、眉間にシワを寄せて彼女を睨み返す。

「何か？」

「いーえー？　よく似ていらっしゃると思っただけですわ」

凄んだオージアスは恐ろしく怖い。だというのに、レディ・ジョーは一切怯む様子はない。なかなか肝の据わったレディである。だからこそ、ここまで商売を成功させたのだろうと言わざるを得ない。

（とても正直な方なのね）

自分の気持ちを素直に伝えるということに関して初心者であるレセリカにとって、レディ・ジョーの姿はとてもカッコよく映ったようである。

さて、いくら当たり障りのないデザインを選んだとはいえ、彼女の目利きは確かである。レセリカは美人顔であるし、他の者ならば背伸びをしすぎだと思われそうなドレスでも、この子なら着こなせると瞬時に判断したその目はプロのそれだ。

間違いなく、彼女にはこれが最も似合う。その他、デザインや装飾についてまで面倒を見る気はなかったが、きちんと最適解を考えて選んだドレスなのだ。

一方で、レセリカもまたこのドレスが自分に似合うことは重々承知していた。前の人生の時に仕立ててもらった物とほぼ同じなのだから当然とも言える。

微妙に違うのは、前回の仕立屋が彼女ではなかったからだろう。それでも似たデザインになるのは、それほど自分にはこのタイプが似合うということでもある。

「これに決めるか、レセリカ」

前の人生でも、オージアスが同じようなことを口にしていたのをレセリカは思い出す。

これまでだったなら、ここで素直に首を縦に振るだけで終わっただろう。ドレスに興味のない父のために、早く決めて話を終わらせた方がいいと焦った覚えがあるからだ。レセリカ自身も特にこだわりがなかったので、問題もなかった。

ただ、今回は少し違う。この紫のドレスを見ると、レセリカはどうしても忌まわしき記憶を思い出してしまうのだ。

無実の罪を突きつけられた夜会で着ていたのも同じ色、似たデザイン。彼女の着るドレスはいつも紫の大人っぽいもの。色の濃淡に違いはあったが、大きく印象が変わるドレスを着たことはなかったのだ。

レセリカにとって嫌な記憶の中の自分は、いつだって紫のドレスを着ていた。

ドレス自体はそれなりに気に入っていた。だが、あの記憶がレセリカをどうしても躊躇《ちゅうちょ》させる。

それに。

『どんなドレスが好きですか？』

ロミオにされたあの質問が、レセリカの脳内でグルグルと回っているのだった。

黙ったままのレセリカを見て、オージアスは何かを察したようだった。実は花瓶事件の後、レセリカと毎日のように挨拶を交わし続けたことで、ほんの少し娘のことを理解出来るようになった父は、娘の僅かな変化に気が付くようになっていた。素晴らしい進歩である。

レセリカの健気な行動は、本人の知らぬところで見事に堅物な父に良い影響をもたらしていたようだ。

「レセリカ。何かあるならハッキリ言いなさい。黙っていてはわからん」

ただし、言い方はぶっきらぼうなままである。それでもレセリカは、ちゃんと気遣いの言葉と受け取った。これも慣れてきたからこそかもしれない。

やり取りを聞いていたレディ・ジョーは、この男はまだ七歳の娘に対してもこうなのか、と笑顔を引きつらせていたが。

「あ、あの。これが、気になるのです……」

意を決したようにレセリカがそう言って指し示したのは、まったくイメージにはない淡いピンク色のドレスだった。デザインもシンプルなエーラインではなく、幼い女児が好みそうなふんわりとしたプリンセスライン。

好みか、と言われればなんともいえないのだが、レセリカはかつてのイメージとまるで違うものを選んでみたかったのだ。自分には似合わないかもしれないという不安もあったが、単純にかわいいと思ったのも事実ではある。

レディ・ジョーはその発言に大きな衝撃を受けたようだった。無表情なレセリカは、その見た目通りに大人っぽいものを好むだろうと勝手に決め付けていたことを思い知らされたのだ。

「お嬢様も、まだ七歳の普通のご令嬢でしたわね……」

レディ・ジョーの呟きは誰にも聞き取れないものだった。続けて彼女は、わたくしもまだまだですわね、と小声で告げると、レセリカに向けてニッコリと笑みを浮かべた。

どうやら、レディ・ジョーの職人魂に火が点いたようである。

「いいでしょう。この色とデザインで、お嬢様に似合う完璧なドレスを作ってみせますわ！」

本気になったレディ・ジョーはそれから細かい部分を徹底的に、そして恐るべき速さで詰めていく。オージアスやレセリカ、さらに使用人たちは一様にその勢いに圧され、いつの間にかただ頷くのみとなっていた。

「ひと月後、ドレスをお持ちいたしますわ」

そうして全てを話し終えたレディ・ジョーはそれだけを言い残し、まるで嵐のように去って行ったのだった。

そしてひと月後、レディ・ジョーは達成感に満ちた表情でベッドフォード家を訪問した。顔に疲労感が滲んでいたが、美しさとエネルギッシュさは健在だ。

「さぁ、ご覧ください。レセリカお嬢様だけに似合う、素晴らしい仕上がりになっていますわ」

出来上がったレセリカのドレスは、胸元で切り替えてあるプリンセスラインのドレスだった。

胸元はレセリカの指定した淡いピンクだが、スカート部分はくすみカラーのピンクとなっている。しかしたっぷりとしたチュールで仕上がっているので、全体的に愛らしくも上品な印象を抱かせた。

また、袖と首元はレースで出来ており、肌の露出が少なく清楚な雰囲気だ。形が可愛らしいので甘くなりすぎないよう、当日は髪をアップに、コサージュはシックなものにしようということで話はまとまった。

「ホワイトブロンドの髪はどんなドレスも美しく着こなせますわね。瞳のお色とも合うように、生地のピンクも厳選いたしましたの。やっぱりお似合いになりますわ！」

「ええ、とても素敵。本当にありがとう。ワガママを言って、ごめんなさい」

やや興奮気味に語ったレディ・ジョーに対し、口元に少し笑みを浮かべてお礼を告げるレセリカ。そんなお嬢様を見て、レディ・ジョーは動きを止めた。

出来上がった後も、あーでもないこーでもないと文句を言われることの多いこの仕事。そうではない時ももちろんあるが、プライドの高い貴族たちは褒める時だって上から目線であることが多い。きちんとお礼を言ってくれる人もいるが、とても少ないのだ。

それでも報酬はいいし、自分が好きでやっている仕事だからといつも不満を呑み込んでいた彼女にとって、レセリカの奥ゆかしく素直なお礼は心に染み渡る。何日も徹夜で作業をした後の今は特に。

「また宴の日が近付いた頃に最終調整しに来ますわね。当日も完璧に仕上げてみせますわ！」

レディ・ジョーが末永くレセリカの仕立てをすると心に決めたのは、当然の流れであった。

こうして一人、レセリカは知らぬ間に自分のファンを増やしたのである。

新緑の宴までの半年ほど、レセリカはいつも通り真面目に日々の勉強やレッスンをこなし続けた。

そもそも優秀だったうえに人生のやり直しをしているレセリカには必要のないことのようにも思えるが、基礎をひたすらやり込むことで、彼女のスキルはさらに洗練されていく。所作やダンスの動きは、もはや大人の上級者と並ぶ。

とても七歳の動きではない。当日は他のご令嬢が霞むほどの存在感を放つに違いなかった。

それが心配なのだろう。父オージアスと弟ロミオは険しい表情で胃を押さえる日々を送っている。

「父さ……父上。僕は片時も姉上から離れません」

「そうしてもらいたいのは山々だが、個別に挨拶をせねばならない相手もいる。どうしても一人になる瞬間はあるだろう」

「うっ、でもすぐに終わらせれば……！」

「次期当主として、姉に気を取られるあまり落ち着きのない態度は許さんぞ」

「じ、自信がありませんね……うぅぅ、僕はどうすれば！」

いつの間にかレセリカを守ろう同盟を結んでいた親子は、新緑の宴の日が近づくにつれてほぼ毎日のように作戦会議を開いていた。ちなみに、良い案が出たことはない。

「護衛をつけるのはいかがでしょう、父上！　あ、でも会場内には入れないのでしたね……」

「城の中でも特に守りが厳重な大広間だからな」

「やはり、常に誰かが側《そば》にいるべきですよ！」

「大人も同じ会場内にはいるのだ。私が常に目を光らせ、おかしな者がいればすぐに叩き出せば問題あるまい」

「い、いや、それはそれで大問題になるのでは……？」

今日もまた、無表情な父とコロコロ表情を変える息子の無為な時間は過ぎていく。

そんなある日、オージアスの下に一通の手紙が届いた。王家の紋章が刻印されたそれを読み進めるにつれて、オージアスの顔が嫌そうに歪められていく。

「……破り捨てていいだろうか」

「ダメです」

手紙を読み終えたオージアスは、低い声と据わった目でボソッと呟いた。側に控えていたのがバートンでなければ、恐怖で硬直していたことだろう。

「いつかはこんな日が来るとは思っていたが……！」

「そうなってもいいようにと教育を施してきたのはご主人様ですよ」

「……」

頭ではわかっているのだが、今のオージアスにはなかなか受け入れられないことだった。その手紙の内容というのは。

「王太子殿下とレセリカの婚約、か」

「……本気の殺意はおやめください」

この聖《セント》エデルバラージ王国の第一王子、セオフィラスの婚約者にレセリカを、というものであった。

わかってはいたのだ。順当にいけば公爵家の娘で年も近く、育ちも良いレセリカが選ばれるということは。ただ、政略結婚を進めるというのは父としてなんとも複雑な心境になるのだろう。……恋愛結婚だとしても、この男は素直に認められないだろうが。

ちなみに国王も、王太子に対しては出来れば恋愛結婚をしてもらいたいという考えではある。だが、暗殺されかけたセオフィラスの心の傷は深く、学園に行くまでは出来るだけ人と関わりたくないという息子の気持ちの方を大事にしたようだ。

それに、セオフィラスは表に姿をほとんど出していないにもかかわらずとにかく女性に人気がある。婚約者を決めずにいたら、学園というあまり王家の目の届かぬ場所で、セオフィラスを巡る熾《し》烈《れつ》な戦いが繰り広げられるだろうことは容易に想像出来てしまう。

しかも、並の婚約者ではいけない。自分の方が優秀だと思えば、令嬢たちは容赦なく略奪を試みるだろう。女の世界とはそういうものだと、貴族男性はそれぞれ妻から嫌と言う程聞かされているのだ。無論、国王も王妃から聞いているだろう。

王太子の婚約者というのは、あらゆる面でストレスがかかる立ち位置である。少しでもストレスを軽減するためにも、娘には同じ学園に通わせたくないとオージアスは考え始めていた。

レセリカのように王太子の心配をしているわけではない。娘を思う一心である。

「……了承するなら新緑の宴で発表する、か。あの狸国王め、もう予定に組み込んでいるくせに、よく言う」

オージアスはさらに眉間にシワを寄せて再び手紙に視線を落とした。

「不敬になりますよ。言葉にお気を付けください」

オージアスはバートンの言葉には答えず、右手で額を押さえた。

「……レセリカに黙っていてはダメだろうか」

「きちんとお伝えください。欠席するならまだしも、レセリカ様は新緑の宴がデビュタントになるのですよ？　何も知らないまま発表されては……」

もちろん、そんなことはわかっていて言ったのだ。

今から娘の反応が怖くて、本気でパーティー欠席を考えたくなる。オージアスはこの日、何度も大きなため息を吐くこととなった。

あれから丸一日、頭を悩ませたオージアスはバートンの説得もあって泣く泣くレセリカに報告をすることに決めたようだった。

次の日の朝、いつも通り見送りの挨拶をするため玄関ホールに来ていたレセリカは、オージアスからついでを装って王太子との婚約について聞かされた。娘に対してつくづく臆病な父である。

「セオフィラス殿下との婚約ですね。わかりました」

「……そ、そうか」

レセリカの反応はあっさりとしたものである。彼女にとっては予定通りであったし、そうなってもいいよう教育を受けてきたのだから当然だ。

一方、オージアスは拍子抜けしたのか僅かに眉を上げて一言返すだけであった。

「き、聞いていませんよ、父上！　どういうことです!?」

むしろ、一緒に見送りに来ていた弟のロミオの方がこの世の終わりと言わんばかりに青ざめている。

そんなロミオを見てすぐに目を逸《そ》らしたオージアスは、息子の追及から逃れるためにそそくさと馬車に乗りこんで仕事に向かってしまった。

父に逃げられたロミオは頬を膨らませつつ玄関の外まで出て、遠くなっていく馬車を睨んでいる。

そんな弟の様子を、レセリカは目を丸くして見ていた。

父親が怖くてビクビクしていたロミオがあんなにも強気に物を言うなんて、と驚いたのである。

いつの間に弟はこんな風に堂々と発言出来るようになっていたのだろうか、と首を傾げていた。

（前の人生では、あり得なかった光景だわ）

それが状況的に良い変化なのか、逆に悪化しているのか。レセリカにその判断は出来ないのだが、悪くはないと感じる。少なくとも、ロミオが自然体でいるのだから。

「ね、姉様ぁ……姉様はそれでよいのですか？　そんなにあっさりと了承してよいのですかぁ？」

それよりも、今は涙目になって聞いてくる弟の相手をしなければ。ただ、なぜロミオが泣きそうになっているのかがレセリカにはよくわからない。

最近は姉上と呼ぶようになっていたのに、動揺からか姉様呼びに戻っているほど取り乱している。愛する弟に泣かれるのは少し弱い。ちゃんと向き合うため、レセリカはきちんとロミオに向き直り、ハッキリと答えてやった。

「ええ。光栄なことだもの」

「そうではなく！」

しかし、ロミオはそれで納得しなかった。ズイッとレセリカに詰め寄ると、両拳を胸の前で作って訴えてくる。

「姉様はそれでいいのですか？　姉様のお心は、本当にそれでよいと言っているのですか？」

続けて言われた言葉に、レセリカはわずかに目を見開く。まさかそんなことを聞かれるとは思っていなかったのだ。潤んだ緑の瞳に自分の驚いた顔が映って見える。

「僕は、姉様には本当に愛した人と結婚してもらいたいです。あ、出来れば結婚なんてさせたくないんですけど……とにかく！　姉様が幸せでないと、嫌です！」

さらに予想外の言葉が続き、レセリカはすぐに反応を返すことが出来なかった。貴族社会では子どもの内から婚約者を親が決めるのは当たり前のことなのに、まさか愛という単語が出てくるとは。

そこまで考えて、レセリカは弟が意外とロマンチストなのだと知った。

目を細めながら無意識に弟の頭に手を伸ばす。ロミオのホワイトブロンドの髪は、レセリカと色は同じだが髪質が違ってフワフワだ。

「ね、ねねね姉様!?」

「ああ、ごめんなさい。つい」

急に頭を撫でられたロミオは顔を真っ赤にしていた。大好きな姉に撫でられた嬉しさと、小さい子ども扱いをされたようなちょっとした恥ずかしさとが混ざって、心中複雑なのだろう。

実際、六歳という年齢はまだ頭を撫でられてもおかしくない年齢なのだが。

「ロミオは愛する人と結婚出来るよう、父様には私からも言っておくわね」

「そっ、そうでもなくっ!」

てっきり、自分は恋愛結婚したいからこその発言だと思っていたレセリカは、ついに弟の意図がわからず困惑してしまう。

少し考えてから、レセリカは自分の思っていることを正直に伝えることにした。ロミオは信頼出来る家族なのだし、もう気持ちを心の内に隠すのは止《や》めると決めたのだから。

「婚約は、もう決まったことだもの。実質、お断りは出来ないってわかっているでしょう」

「それはそうかもしれませんが、姉様が嫌だとおっしゃるのなら、僕は、僕は……!」

レセリカはここでようやく、自分が弟にとても心配されているのだと気付く。そしてその優しさと勇気に感動を覚えた。

けれど、セオフィラスとの婚約は前の人生でもこの時期に決まっていたことだ。今更レセリカは驚かないし、断る気もなかった。

ただ、前回と違うのはその婚約発表の場に自分もいる予定であるということ。それを考えると少し緊張はするかもしれない。

とにもかくにも、レセリカは婚約についてその程度にしか考えていなかったのだ。ロミオに言われて初めて、普通は自分の気持ちも考えるところなのかと気付いたくらいだ。

「ロミオ、心配してくれてありがとう」

それならば、安心させる言葉をかけるべきだろう。レセリカはロミオの手を優しく取ると、目を合わせて静かに告げる。

「今は確かに、気持ちが伴っていないけれど……愛する努力をするわ。愛していただけるかはわからないけれど、歩み寄ることは出来ると思うの。それではダメかしら？」

「姉様……でもっ」

「それにね？」

さらに心配の言葉を言いそうなロミオの唇に、レセリカは人差し指をそっと当てて遮った。少しだけ微笑んだ表情といい、その行動といい、まんまと心を掴まれたロミオは思わず息を呑む。

「私の幸せは、私が自分で守るわ。大丈夫、きっと幸せでいてみせるから」

そう、未来は自分で切り開く。自分にとっての幸せがなんなのかさえまだわからないが、レセリカは今、そう決めたのだ。

あの恐ろしい運命を回避するだけでなく、出来れば幸せに。それに、あの未来でさえなければどんな状況でも耐えられる、そう思っていた。

「……もう、姉様には敵《かな》わないです」

ロミオは苦笑を浮かべながらついに折れた。ただ、もし泣かされることがあったら僕が殿下を殴りにいきます、という勇ましい言葉を添えて。

レセリカは弟の頼もしさと愛らしさに心が癒されていくのを感じた。

新緑の宴まであと一週間。冬に誕生日を迎えたレセリカは八歳となっていた。

「レセリカ様、顔色が悪いようですね……」

「本当だ！　姉様、大丈夫ですか!?」

朝食の席でダリアが告げたのを聞き、ロミオも心配したように声をかける。彼もまた最近誕生日を迎えて現在は七歳。一年前よりだいぶ背が伸びていた。

「ちゃんと眠れていますか？　近頃、寝つきが良くないようですが……」

「ええ、そうね。たぶん寝不足だわ。緊張しているのかも」

ダリアの質問に、レセリカは誤魔化すことなく正直に答えた。ただ、全てを話しているわけではない。

（悪夢を見ているなんて言ったら、余計に心配させてしまうもの）

レセリカはやり直し人生が始まってからというもの、度々あの忌まわしい過去を夢に見ていた。

薄暗い地下牢、冷たくて重い鎖、人々の罵声。そして、首を落とそうとする断頭台の刃。

いつも、断頭台の刃が落ちた時に跳ね起きるのだ。汗をかき、心臓は早鐘を打つ。その夢を見た後はどうしても眠れず、不安な夜を明かしていた。そのまま寝てしまえば、今の生活が夢になってしまう気がして怖かったのだ。

そしてここ最近は毎晩その夢を見ている。新緑の宴の日が近付いていて、無意識に緊張しているからだとは思うが、レセリカはそこはかとなく嫌な予感を覚えていた。

もしかしたら、そこで今後の運命が変わるような何かが起こる、その予兆なのではないか、と。

考えすぎといえばそうなのかもしれない。だが、死んだはずなのに子どもの頃に戻っているというあり得ない事態が実際に起きていることもあって、そういった予感は無視出来ないとも感じる。

そう思うと不安で仕方なくなり、最近は食欲も落ちていた。ドレスのサイズが合わなくなるので、必死で食事を詰め込んでいる日々だ。

けれど、それを表に出すことはない。静かで物腰柔らかく、表情をほとんど変えないレセリカの変化には皆、気付きにくいのだ。

ただ、さすがに寝不足が続くと顔色の悪さでこのようにバレてしまうのだが。

「ちゃんと眠らないとダメですよ？　顔色が悪くても姉上は美しいですが、やはりデビューの時は一番綺麗な姉上でいてほしいですし。何より、倒れてしまわないか心配です」

「ありがとう、ロミオ。随分と女性への褒め言葉が上手になったわね」

「も、もう！　茶化さないでくださいっ」

姉に褒められて頬を染めたロミオだったが、それだけでは誤魔化されてくれない。なかなか鋭い弟に、レセリカは白状することを決める。

最近ではすっかりロミオ相手になら本音を隠さず言うことにも抵抗がなくなっていた。

「ごめんなさい。でもね、私もちゃんと眠りたいって思っているのよ？」

「あっ、姉上……」

少しだけ困ったように目を伏せた姉を見て、ロミオはハッとなる。それから慌てて頭を下げた。

「ぼ、僕こそごめんなさい、姉上！　無神経なことを言ってしまいました。眠れなくて辛いのは姉上の方なのにちゃんと寝てほしいだなんて……」

今度は急に謝られたレセリカの方が慌てる番だ。目を軽く見開くだけであまり動揺したようには見えないのだが、レセリカはしっかり慌てている。

実際、この後なんと声をかけてよいかわからず、数秒ほど二人の間に沈黙が流れてしまった。

「あ、あの！　姉上、良かったら僕と一緒に寝ませんか!?」

「えっ」

居た堪《たま》れなくなったのだろう、思わずといった様子で叫んだロミオだったが、すぐにとんでもないことを言ってしまったことに気付いてみるみる顔が赤くなっていく。いっそ、かわいそうになるほどに。

「えっ、えっと！　人の体温を感じると、なぜかよく眠れると言うではないですか！　あのっ、別に変な意味ではなく！　た、ただ僕は、姉上がぐっすり眠れたらなって、それで！」

「わ、わかっているわ。落ち着いて、ロミオ」

慌ててあれこれ説明するロミオだったが、言えば言うほど自分がおかしなことを言っている気がしたのかついに黙り込む。レセリカのフォローする言葉も今のロミオには辛かった。

ロミオは両手をテーブルにつき、頭をゴンッと打ち付けた。食器がカチャンと音を立てる。行儀の悪い行いだが、今の彼には余裕がないのである。

「……忘れてくださいぃ」

小さな声で言うロミオを見ていたら、レセリカはフッと肩の力が抜けるのを感じた。

悪夢を見る日々が続いていて、無駄に気を張っていたのかもしれない。それなら、たまには気分を変えてみることも大事だ。そうなるとロミオの提案はいいもののように思える。

「じゃあ、今日からしばらく一緒に寝てもらえる？　小さい頃のように」

「ね、姉様っ!?」

驚いて顔を上げたロミオは、思わず昔のように姉様と呼んだ。ベッドフォード家の次期当主であり、もうすぐデビューを控えている最近のロミオは少し大人びてきたが、今の表情は昔のようにあどけない子どもの顔だ。

それがなんだか懐かしくて、レセリカは幼い頃のことを思い出す。一度、濃い人生を過ごした記憶があるからか、かなり昔のことのように思える。

夜、寂しくてレセリカの部屋にやってきたロミオとベッドの上で話している内に、いつの間にか寝てしまうことがよくあったのだ。

翌朝、侍女にそれを見付けられてロミオがそっと自分の部屋に運ばれていくのを見送った記憶は、今もレセリカの胸に優しい思い出として残っている。

確かに、ロミオと隣に並んで寝転んでいると温かくて、安心出来て、いつの間にかウトウトしていた。本当にぐっすり眠れるかもしれない。

「私たちはまだデビュー前の子どもだもの。何も問題ないと思わない？」

懐かしいことを思い出す内に自然と微笑んでいたレセリカは、向かい側の席からロミオの顔を覗き込むように見つめた。

ロミオは一瞬、呆気《あっけ》にとられたようにぽかんと口を開けると、じわじわと嬉しそうに頬を緩めていく。それから満面の笑みで答えた。

「はいっ！　今の内ですね！」

「そうね、今の内よ」

恥ずかしかった気持ちはあっという間に吹き飛び、二人は微笑み合った。それから約束通り、姉弟はその日から宴の日までの一週間、ロミオの大きなベッドで一緒に眠った。もちろん、心配させないように使用人には事前に伝えてある。父には内緒にしてほしい、とだけ伝えて。

毎日、眠くなるまで昔の思い出をヒソヒソと話し、時折ロミオが楽しそうにクスクス笑う声が暗い寝室に静かに響く。それがレセリカの心を癒し、心地好《よ》い眠りへと誘《いざな》ってくれた。

この時だけは、公爵家の姉弟はただの八歳と七歳の子ども。

レセリカはこの一週間、久しぶりに夢も見ずに朝まで眠る日々を過ごすことが出来たのだった。


いよいよ、社交界デビューの日がやってきた。この日の女性参加者の朝は早い。支度にとても時間がかかるからである。

「ふふ、飛び切り素敵に仕上げますわ、レセリカお嬢様！」

「え、っと。いいのでしょうか？　レディ・ジョー。貴女《あなた》はとても忙しい方だと聞いていますが……」

レセリカが目覚めた時間にはすでに屋敷に来て待機していたレディ・ジョーは、もっと早くから動き始めていたのがわかる。それも、いつも通りのバッチリメイクに隙のない装いで。まだ夜も明けぬ時間には到着していたと思われるので、レセリカは寝ていないのでは？　と少々心配になった。

「ええ、今日はとても忙しいですわ。だって、貴女を最も魅力的に見えるように着飾る日ですもの。

決して手は抜きませんのでお覚悟なさいませ？」

しかし、そんなことは微塵も感じさせないレディ・ジョーは、むしろ生き生きとしている。ドレッサーの前に座るレセリカの髪を持ち上げ、ご機嫌な鼻歌まで聞こえてくるほどだ。

鏡越しに合った彼女の目は爛々《らんらん》としており、レセリカはつい慌てて目を逸らしてしまった。

「コサージュはこちらにいたしましょう」

それは光沢のある、暗いゴールドの花のコサージュだった。角度によっては銀色にも見えるそれは、髪飾りにも同じモチーフを使うという。

シックな物を選ぶと聞いてはいたが、一見すると地味なその飾りを選んだのが意外でレセリカは首を傾げた。

「殿下の髪色と同じですわよ、レセリカ様。殿下のアッシュゴールドの髪はもっと透明感があって柔らかい印象ですけれどね。でも、誰が見ても一目でそれとわかりますわ。ふふ、婚約の発表をなさるのでしょう？」

もちろん誰にも言っておりませんわよ、とレディ・ジョーはウィンクをする。驚くレセリカに、彼女は随分前にオージアスから聞いたのだと付け加えた。その意味するところを彼女は正確に理解し、こうして衣装に取り込んだのである。

婚約者の色を使ったコーディネートは、周囲に認知させる上でとても有効な手段なのだ。

「他のご令嬢たちは、アピールのためにきっと殿下の瞳の色である空色のアクセサリーを使うでしょうね。でもこの色は扱いが難しいからわざわざ使う者などいませんわ。きっとレセリカ様だけですわよ？　まさに婚約者にふさわしい！　腕が鳴りますわーっ！」

　オホホホと高笑いをするレディ・ジョーは、心底楽しそうである。メラメラと燃えて見えるのはそのたっぷりとした赤い髪のせいだろうか。

「それに、レセリカ様ならとてもお似合いになりますわ。愛らしいテイストのドレスに対し、アップにした髪とシックなコサージュ、そして何よりその美貌！　さらに完璧なバランスに調整するのはこのわたくし。ああ、たまりませんわね！　上品さと愛らしさを兼ね備えた奇跡の令嬢としてその名が轟《とどろ》くかもしれませんわ！　少なくとも会場の目は釘付けになること間違いなしですわよ！」

「さすがにそれは言い過ぎでは……」

　レセリカの常に無表情の顔がやや引きつった。しかしレディ・ジョーはレセリカの言葉に被せんばかりの勢いで告げる。

「言い過ぎどころか足りないくらいですわよ！　ねぇ、貴女もそう思わない？」

「ええ、その通りですね。レセリカ様の素晴らしさを語るには一日あっても足りませんから」

「だ、ダリアまで……！」

　さすがに恥ずかしかったのか、レセリカの頬が僅かに赤く染まる。そんな彼女を見て、レディ・ジョーとダリアもまたその愛らしさに頬を染めるのだった。

　髪型をセットし、軽い化粧が施される。都度、レディ・ジョーがこれでもかというほど褒めてくれるのでいい加減レセリカも慣れてしまった。最初は律儀にお礼を言っていたが、もはや独り言のようなものだと気付いてからは黙って聞き流している。

「……我ながら、惚《ほ》れ惚《ぼ》れする仕事ぶりだわね。さ、レセリカ様。準備が整いましてよ」

それから数時間後、ついにドレスアップが完成した。

(本当に、可愛いドレスだわ)

自分に似合っているかどうかはわからなかったが、自ら選んだこのドレスがとても可愛く、思っていた以上に好みな仕上がりでレセリカは思わず嬉しそうに顔をほころばせた。

そんなレセリカを見て、共に着付けを手伝った侍女たちもダリアを筆頭にうっとりとレセリカを眺めている。

「本当に成長が楽しみなお嬢様ですこと」

もはや聞き飽きた褒め言葉だったが、レセリカは頬を染め、改めてお礼を告げる。気持ちを込めて丁寧なカーテシーを披露すると、感嘆のため息が漏れ聞こえてきた。

改めて鏡に映る自分を見ると、とても素敵に仕上げてもらっているのがわかる。細部に至るまで丁寧に、そして着崩れしにくいようにと所々で工夫されているのは見事の一言に尽きる。

侍女から支度が整ったと連絡がいったのだろう、ノック音が聞こえ、父オージアスが部屋にやってきたことが知らされる。

どうぞ、という一言でオージアスが入室してくるのをレセリカはほんの少しドキドキしながら待

った。そして、緊張している自分にハッとする。

前の人生ではドレスアップした後も素っ気ない態度だった父に対し、今回は少し褒めてもらえるだろうかとわずかに期待していることに気付いたのだ。

（勘違いをしてはダメよね。少し仲良くなれただけで褒めてもらおうなんて……）

きっと、レディ・ジョーや侍女たちがたくさん褒めてくれたから父も、と期待してしまったのだ。

そんな自分を恥ずかしく思って目を伏せていると、入り口で父が立ち止まっていることに気付く。

何かあったのだろうかと視線を上げると、オージアスはレセリカの姿を真剣な眼差しで見つめていた。

「あ、あの、お父様？　何かおかしいところがあったでしょうか……」

あまりにも無言が続くので不安になったレセリカは父に訊ねた。それとほぼ同時に、レディ・ジョーがあろうことかオージアスの背中を軽く小突く。

「何かおっしゃいませんと、お嬢様に嫌われましてよっ」

「はっ」

笑顔を絶やさないまま、オージアスにだけ聞こえるように囁《ささや》くレディ・ジョー。その間も、レセリカの目は不安げに揺れている。

ようやくこれはまずい、と気付いたオージアスは、わざとらしく咳をすると一歩ずつレセリカに近付いた。

「その、レセリカ。とても……」

「姉上っ！　今日は一段とお美しいです！　きっと会場のシャンデリアも霞むほどですよっ！　あ、あまり他の人には見せたくないですね……！　ずーっと眺めていたいです……」

しかし、遅れて部屋にやってきた弟のロミオが姉の姿を見た瞬間に褒めちぎり始めたため、オージアスの言葉は遮られた。

「ありがとう、ロミオ。貴方もとても素敵だわ。姉として誇らしい気持ちよ」

明るいシルバーのスーツにレセリカのドレスと同じピンク色のネクタイとハンカチーフを胸にあしらったロミオは、両手を組んでうっとりとレセリカを見つめている。

さらに告げられた姉からの褒め言葉には顔を綻ばせた。

「さすがは、次期ご当主。女性の褒め方がとてもお上手ですわね。ねぇ、ベッドフォード公爵？」

「……」

息子に先を越されたオージアスは、レディ・ジョーにまで嫌味を言われて立つ瀬がなかった。

しかし、ここでまだ何も言わないままなのは父として、一人の紳士として大変よろしくない。オージアスは再び軽く咳をしてから改めて娘に向き合った。

「レセリカ。……とても、似合っている」

「あ、ありがとうございます……」

ロミオの褒め言葉はもちろん、父にも褒められて幸福感に満たされたレセリカは頬を染めた。期待してはダメだと言い聞かせたものの、やはり褒められるのは嬉しい。家族からの褒め言葉は特に。

「王城までは私がエスコートしよう。ロミオは会場に着いてから頼むぞ」

「むー、仕方ありませんね。今は父上に譲ってあげます！」

「……言うようになったな、ロミオ」

「父上の息子ですから」

父と弟のこんな気さくなやり取りも最近では珍しくない。本当にあの記憶とは違う日々が過ぎており、レセリカはそれがとてつもなく幸せだと感じていた。

（先のことはまだわからないけれど、きっと良い未来へ進んでいると信じたいわ）

オージアスにエスコートされながら、レセリカは蕾《つぼみ》が花開くかのごとく微笑みを浮かべたのだった。


新緑の宴が始まるのは午後からだ。ではなぜ、レセリカたちが朝から会場である王城へ向かっているのかと言えば、王太子と事前に顔合わせをするためである。

さすがに、宴にて初対面となるのはよろしくないし、婚約者として紹介するためにはそれなりに手順というものがある。そのための大事な打ち合わせでもあった。

（その点、前は不参加だったから殿下の報告だけで済んで楽だったのよね）

楽どころか、当日レセリカが何かをすることはなかった。発表以降は婚約者がどんな令嬢なのかを探るため、方々からお茶会の招待状が大量に送られてきたのだが。それはそれでとても大変だった、とレセリカはあの時の記憶を思い返して心の内でため息を吐いた。

今回もお茶会の誘いはあるだろう、と覚悟は決めているが……。

(前のように、全てに参加するのはやめましょう。疲れてまた倒れてしまってはいけないもの)

前回、父はお茶会の何たるかをあまり知らず、招待状が来るたびにレセリカに「参加でいいか」という聞き方をしていたので、断れなかったレセリカは全てに出席していた。

そのため、当時のレセリカは全てを終えた後に疲労で倒れ、数週間ほど寝込むこととなってしまったのである。あのような失敗をする方が迷惑をかけるので、誘いがあった場合は受けるものを厳選しなければ、とレセリカは頭の中にメモしておいた。

「父上は、王太子殿下とお会いしたことがあるのですか？」

移動中の馬車の中で、ロミオが父に訊ねる。オージアスは小さく頷いてから答えた。

「うむ。とはいえ、遠くからお見かけする程度だ。話をするのは今回が初めてだな」

「意外です。確か、国王陛下とは同級生で、親しくされていたのですよね？」

いつの間にそんな情報を仕入れたのか、ロミオの質問攻撃は続く。陛下と同じ学校に通っていたのは知っていたが、親しくしていたというのはレセリカにとって初耳だった。

聖エデルバラージ王国、国王パーシヴァル・オル・バラージュ。王太子殿下と同じアッシュゴールドの髪を持つ美丈夫で、民に愛される良き国王である。

前の人生ではレセリカに処刑を言い渡した人物でもあるため、本音を言うとレセリカは国王に会うのが怖かった。

国王はただ状況証拠や捏造された物的証拠から裁きを下しただけではあるが、首を落とされる決定打となったことは間違いない。息子を殺されたショックと怒りでレセリカが犯人だと疑うこともなく、調べ直してほしいという父や弟の願いは却下されたのだ。

（親しくしていたのならなぜあの時、お父様の訴えに耳を傾けてくださらなかったのかしら……）

レセリカの胸は痛み、より恐怖心が増す。

「親しい、と言えるかはわからん。学生の頃はよく意見を交わし合ったものだが」

「なるほど、遠慮なく物を言える仲ってことですね？」

「陛下相手に進言など、畏れ多い」

相変わらずの仏頂面でそう告げた父だったが、そんなことは微塵も思っていないだろうことはロミオにもレセリカにも伝わった。会話が増えたことで、子どもたち二人もだいぶ父の考えがわかるようになってきたといえよう。

（ますます、不思議ね……）

気にし過ぎと言われればそれまでなのだが、レセリカは改めてあの王太子殿下暗殺の罪を誰が自分に擦《なす》り付けたのかと考えた。その目的も謎のままだ。

当時は投獄されてから処刑までがあっという間で、混乱することしか出来なかったのだが、よく考えてみれば不思議なことばかりなのだ。

そもそも、レセリカには殿下を殺す動機がない。婚約者という立場で、殿下を殺害したって得など一つもないのだ。それどころか、婚姻によって王家との繋がりを得たベッドフォード家にとっては損にしかならないというのに。

(そもそも、誰が暗殺なんてしたのかしら)

あの悲運を避けるためには、王太子の暗殺を阻止しなければならない。もしかしたら今の時点ですでにその計画が動いている可能性だってある。まだ子どもだからと、人生をやり直せたからと安心してなどいられないのだ。

最近の平和な日々が幸せ過ぎて、忘れてしまいそうになる。出来ることならそんなことは考えもせず、今のまま平和に過ごしたい。

けれど王太子の暗殺計画が進んでいるのだとしたら。今後も進められるのだとしたら。

(処刑される運命はまだ回避出来ていない……何より、殿下が危険だわ)

わかっていたことだった。家の環境が改善されたところで、安心など出来ないことは。

(殿下のお命を救えるのは私だけ、とまで自惚《うぬぼ》れるつもりはないけれど、未来を知っているのは私だけだもの)

ならばこの記憶を活かさない手はない。幸いなことに、レセリカには物事を俯瞰《ふかん》的に考えられる冷静さと頭脳が備わっているのだから。

今後の課題は貴族社会の横の繋がりである。これが一切なかったから、レセリカは味方がおらず孤立して罠に嵌《は》められたのだ。

それが、人付き合いの苦手なレセリカには難題なのだが。

（お父様とも良い関係が築けたのだもの。諦めてはダメよね。もうあんな思いは……）

弱気になりそうな心をいつものように恐ろしい記憶を思い出すことでなんとか奮い立たせる。レセリカはギュッと膝の上で拳を作った。

まずは初めて面と向かって会う王太子と、きちんと会話をしなければ。王城へと近付いていく馬車の中、レセリカは緊張で破裂しそうになる心臓を抑えて平常心を装った。

三章　二つの出会い

婚約発表前にあまり人目には触れたくないということで、ベッドフォード家の馬車は城の裏口から通してもらえた。

指定された位置に馬車を駐《と》めて順に降りていく。レセリカはオージアスにエスコートされながら王城内へと歩を進めた。背後にはやや拗ねた様子のロミオがついて来ている。

そのまま二階へ上がり、客室の一つに通された。ベッドフォード家の三人と二人の侍女、そして入り口近くに兵士を残し、ここで待つよう告げられる。

宴の準備の都合上、国王夫妻と王太子がわざわざこの部屋に赴くそうだ。

「き、緊張してしまいます。自分のことでもないのに、おかしいですよね」

ドアが閉められ、室内が親子と侍女だけとなった時、ロミオがはにかみながら小声で告げた。こういう時に素直に気持ちを言葉にする彼の存在は、レセリカに大きな安らぎを与えてくれる。

王家の方々に会うのは確かに気を張らねばならないが、ただ会うだけならここまでの緊張はしなかっただろう。

レセリカは、国王の顔を見た時にあの記憶が蘇って震えてしまわないか、それだけが気掛かりであった。

しばらく室内で待っていると、ようやく国王夫妻と王太子が来たという連絡が入る。

オージアスが室内の中央、やや扉寄りに立つと、レセリカとロミオがその両隣に立つ。それから膝を折って頭を下げ、国王たちの入室を待った。

準備が整うと部屋の扉が開けられ、護衛の兵士とともに国王が入室してくる。国王パーシヴァルは距離を空けてオージアスの前に立つと、そのやや後ろに王妃ドロシアが立った。反対側、ちょうどレセリカの前に立つのは王太子セオフィラスだ。

「よく来てくれた、ベッドフォード公爵とその子らよ。顔を上げよ」

国王が最初に口を開き、許可を得てようやく顔を上げる。レセリカは下を向いたまま小さく深呼吸をすると、隣に立つオージアスに合わせてゆっくりと上体を起こした。

目の前に立つ国王夫妻と王太子の姿。国王の表情は柔らかく、温かい目でレセリカを見つめている。一方で王妃と王太子の表情は読み辛く、二人とも同じように緩く微笑みを浮かべていた。

「まずは、礼を述べねばな。此度《こたび》はセオフィラスの婚約を受けてくれてありがとう、ベッドフォードの娘よ」

国王パーシヴァルはまだ子どもであることを配慮してか、やや言葉を崩して声をかけた。その優しい声を聞いてレセリカは思い出す。

（ああ、そうでした。陛下は前の時も、最初はこうして優しく声をかけてくださったわ）

あの恐ろしい態度は、国王が罪人に向けたものだ。レセリカは無実だったけれど、大切な息子を亡くして感情が抑えられない父としての怒りもあったのだ。

今のレセリカはただ王太子の婚約者として前にいる。あの目や感情を向けられることはない。

わかってはいるものの、あの恐怖は簡単には消えてくれない。けれど、今この場では大丈夫なのだと言い聞かせ、なんとか落ち着きを保った。

ここで国王がもし、大人に向けるような厳しい視線と言葉を向けていたとしたら、この場で何も喋れなくなっていたかもしれない。レセリカは国王の気遣いに心から感謝した。

それからレセリカはスッと片足を斜め後ろの内側に引く。そしてもう片方の膝を軽く曲げて上体を倒し、深くお辞儀をした。それは見事な最敬礼のカーテシーだった。

八歳とは思えぬ隙のなさと美しさに、国王夫妻はもちろん、使用人も含めたその場にいる全員が息を呑む。

「オージアス・ベッドフォードが娘、レセリカにございます」

レセリカは名乗った後、再び姿勢を戻す。背筋を伸ばして真っ直ぐに国王を見つめ、婚約の話については光栄ですとだけ答えた。初対面であるし、この場ではこれ以上のことは言わないのが最善であると判断したのだ。

「……これは驚いたな。オージアス、お前の娘は本当に八歳か？」

国王はその挨拶も含めていたく感心したように目を見開く。後ろに控えていた王妃ドロシアも、態度にはあまり出さないが驚いているようだった。

この年頃の娘は、セオフィラスが目の前にいたら見惚《みと》れる者が多い。噂でレセリカはそのようなタイプではないと聞いてはいたが、婚約者に選ばれたのだからきっと喜色を滲ませるだろうと国王夫妻は思っていたのである。

それが微塵も興味を示さないとは。レセリカはほとんどセオフィラスに目を向けず、真っ直ぐ国王を見つめてくるではないか。

しかし国王はすぐに何かに思い至ったかのように考え込んだ。もしかすると、父親と同じで感情が表に出にくいだけで、内心では喜んでいるのではないか、と。先ほどから表情が変わらない様子であるし、その考えはあながち間違いではないだろうとも。

「婚約をしたとはいえ、まだ互いを知らぬ。緊張もしておろう？　セオフィラスとてそれは同じ。レセリカよ、どうかな？　息子と二人で少し話をしてみるというのは」

「なっ!?」

「え」

そんな思考から、国王はお節介を焼くことに決めたようだった。

真っ先に声を上げたのは恐らくセオフィラスだ。

恐らく、というのは、皆が彼に注目した時にはすでに穏やかに微笑んでいるだけだったからだ。

今のは本当に王太子の声だったのか、誰もが自信を持てなかったのである。

レセリカの記憶にあるセオフィラスは、基本的にいつも同じ笑顔を人前で見せてくれる人で、それを崩すのを見たことはない。

今の殿下は九歳。まだ子どもではあるのだが、記憶にある印象とほとんど変わらなかった。だからこそレセリカも、慌てたように声を上げたのがセオフィラスとは思えず、気のせいと思うことにした。

「おや、まだ心の準備が出来ていないかな？　それならば、また別の日にその機会を設けてもよいが……」

すぐには答えられず黙っていたのを、拒否と捉えたのだろう。国王は残念そうに眉尻を下げながらも、無理強いする気はないようだった。

（でも、それでいいのかしら？　またの機会っていつになる？　結局、忙しくなって時間が取れなくなりそうだわ。来月になれば殿下は学園に通う準備で忙しくなるもの）

セオフィラスと二人で話せるのは、今がチャンスかもしれない。話題を変えそうな雰囲気になる中、レセリカは父に初めてワガママを言った時以上の勇気を振り絞った。

「あ、あのっ！」

少しだけ大きくなってしまった声に、誰もが目を丸くしてレセリカを見た。落ち着いて、と自分に言い聞かせ、レセリカは告げる。

「出来ることなら、少しお話しさせていただきたく存じます。あ、あの。殿下さえ了承してくださるのなら」

これまで無表情を崩さなかった美少女レセリカのはにかんだ表情。その威力は凄まじい。

父や弟はもちろん、国王夫妻、さらにはセオフィラスの心にも矢が刺さった瞬間であった。


レセリカの要望はすぐに聞き入れられ、王太子とレセリカ、それから侍女が一人と開け放したドアの外に兵士一人を残し、全員が隣の部屋へと移動した。

レセリカは二人で話す機会を得られたことよりも、渋るオージアスを引きずるように連れて行った国王の姿が目に焼き付いている。やはり仲が良いらしい。

こうして侍女を除いて二人きりになったレセリカとセオフィラスは、所在なげに無言のまま立ち尽くす。だが、それも数秒のこと。すぐにセオフィラスが変わらない笑顔でレセリカに話しかけた。

「立ったままだと疲れるでしょう。あちらに掛けて話しませんか？」

「は、はい」

セオフィラスに手を取られ、レセリカはテーブル前のイスまでエスコートされる。そのまま椅子に腰かけると、セオフィラスも向かい側の椅子に座った。

「さて。この場では対等に話をしましょう。つまり、発言するのに許可は不要です。何でも思ったことを話してください」

そして、すぐにニッコリと微笑みながらそう言った。表情の読めないその笑顔は崩れることがない。

（あの微笑みの仮面で、殿下は本心を隠しているのだわ。まさか、デビュー前からそうだったなんて）

前の人生ではセオフィラスと関わる機会があまりなかったが、レセリカは彼がいつも同じ笑みを浮かべていることに気付いていた。きっとああして本心を隠し、自分の心を守っているのではないかと思ったものだ。

人間不信であるという話は前の人生でも有名で、滅多に心を開かないと言われていたセオフィラス。彼が素の顔を見せるのは国王と王妃、そして幼い頃から仲良くしてきた年の近い護衛候補の二人。もしかしたら他にもいたのかもしれないが、レセリカが知っているのはそのくらいだ。

どれほどの重圧がかかっているのだろう、と心配すると同時に、自分が彼に気を許してもらえることはないだろう、とレセリカは諦めてもいた。

今回もそれは難しいと思っている。人間関係を築くのが不得意であることを自覚しているからだ。だからといって、今回も同じように諦めるかと言えばそうもいかない。

（殿下の暗殺を阻止するには、少しでも身近な存在になる必要があるもの）

心を許してもらえないまでも、多少は話してもらえるくらいにはなっておきたい。レセリカの目標値はとても低かった。

ぬ提案で。

「ストップ。私たちは婚約者なのです。名前で呼ぶことにしませんか？」

許しを得たのだから、と勇気を出して話しかけると早々に遮られてしまう。しかも、思いもよら
ぬ提案で。

前の人生ではずっと殿下と呼んでいた。それが許されていた、というより名前で呼ぶことを許し
てもらえた覚えがない。そもそも、会う機会自体が少なかったわけだが。

それがまさか初対面の今、名前で呼ぶ許しを得るなんて思ってもみなかったのである。

思い切って話したいと告げたのが良かったのか、そもそも新緑の宴に出席するのが良かったのか。

いずれにせよ、この展開はレセリカにとってはとてもありがたい。

レセリカは承知いたしました、というお堅い返事の後に名前を呼んだ。

「では、セオフィラス様」

「はい、レセリカ」

そのまま話をしてしまおう、と思ったレセリカだったのだが。

家族以外の男性に名前を呼び捨てにされるのは初めてだったからか、反射的に顔を赤くしてしま
う。自分でも予想外の己の反応に、レセリカは酷く戸惑った。

（こんなことなら、色んな方に名前を呼んでもらう練習をしてもらうべきだったわ……！）

恐らくそういう問題ではないのだが、指摘する者はいない。

恥ずかしくなってレセリカが目を伏せたと同時に、セオフィラスの方から咳払いが聞こえてくる。

「ああ、失礼しました。どうぞ、続けてください」

セオフィラスもまたほんのりと頬が赤くなっていたが、自分のことで精一杯のレセリカは気付くことなく、目を伏せたまま口を開いた。

「……此度は無理を言って申し訳ありません。殿……セオフィラス様は、話をすることを承諾していませんでしたのに」

まずは、この場と時間を作ってくれたお詫びとお礼を。レセリカはつくづく真面目である。

「気にしないでください。驚きはしましたが、一度ちゃんと話すべきだと私も思っていましたので」

セオフィラスも律儀に返事をし、微笑みを浮かべた。それから話の続きを促すと、黙ってレセリカを見つめてくる。

レセリカは少々話すのを迷ったが、何のためにこの場を用意してもらったのかを思い出すと、覚悟を決めて話し始めた。

「失礼な質問でしたら申し訳ありませんが……どうしても聞きたいことがあるのです」

「構いませんよ。言ってください」

むしろ、失礼かもしれないと聞いてセオフィラスは楽しそうに目を細めている。ひょっとすると失礼な質問に気を悪くするかもしれないと、レセリカは内心で冷や汗をかいた。

「では。……セオフィラス様は、なぜ私を婚約者として選んでくださったのですか？」

それは、ずっと気になっていたことだった。前の人生の時から。

自分が最も都合の良い令嬢だったのだということはわかっている。それが理由だと言うのなら、それはそれで構わないのだ。

ただ、レセリカはセオフィラスの意思が知りたかった。適当に選んだというのならそれを聞きたかったし、何か理由があるなら知りたいと思った。

以前は、お互いがお互いに興味を持たなすぎて何も知ることが出来なかった。だから、この機会にどうしてもこれだけは聞いておきたかったのである。たとえ失礼だと言われ、叱責されることになったとしても、だ。

「……なるほど。わかりました、お答えしましょう。ただし」

セオフィラスはあっさりと了承した。

「代わりにレセリカも、私との婚約を受けてくれた理由を教えてください」

だが、一筋縄ではいかないようだ。レセリカは冷や汗を流しながらも小さく頷き、承知いたしましたと静かに答えた。

ピリッと空気が変わったのがわかった。最初から姿勢を美しく保っていたレセリカは、お腹にグッと力を込める。

こういう時こそ、冷静に。自分に言い聞かせてスッと頭の中を冷やしていく。レセリカはいつだってこうして様々な場面を乗り切ってきたのだ。

「お答えしても構いませんが……答えたことで、レセリカは幻滅してしまうかもしれません」

案の定、セオフィラスはにこやかに微笑んだまま、なかなかに際どいことを言う。この王太子はやはり切れ者だ。自分は恐らく試されている、とレセリカは確信した。穏やかだからと油断してはあっさりと手の上で転がされてしまうことだろう。

以前までの自分なら、どう答えれば角が立たないかをいつも考えていた。手の上で転がされようと、相手は王太子。それなら自分は良い駒として振る舞うだけなのだから。

けれど今は違う。相手を知ろうと考え始めたレセリカは素直に言葉を受け止め、正直に物を言おうと決意していた。

不快にさせてしまったとしても、今なら子どもの言うことだからと大目に見てもらえるだろうとの打算もある。

（……人を信じられないのなら、嘘を吐かれたらきっと嫌よね）

そして、純粋にセオフィラスを気遣ってもいた。

レセリカがしっかりと頷いたのを確認したセオフィラスはわかりました、と微笑みを深くして淀みなく答えていく。

「誰でも良かったのですよ。それだけです。本来なら貴女のお噂を聞いて決めた、ですとか、お美しいからと答えた方がよいのでしょうけど」

その声色には挑戦的な気配を感じる。嫌味と言っても差し支えないだろう。レセリカもそのことに気付いてはいたが、むしろホッとしていた。返事自体は納得出来るものだったからだ。そして、予想通りでもあったからである。

口元に微笑みを作ったまま、セオフィラスは黙ってレセリカの反応を待っている。余裕さえ感じるその様子に、おそらくこの言葉でレセリカが怒ったとしても、眉尻を下げて当たり障りなく謝るのだろう。本心では微塵も反省などしていないのに。

要は、セオフィラスはレセリカに嫌われてもなんの問題もないのだ。それを隠そうともしない態度からも明らかである。レセリカはそう分析した。

ならば、自分も遠慮する必要はないだろう。なにせ先に挑発をしてきたのは王太子なのだから。

それに、今は二人で会話をする場としてこの時間を与えられている。多少こちらが失礼なことを言ったとしても、謝罪の一つで許されるはずだ。

それでも、この王太子のように真っ直ぐ伝えるのには勇気がいる。内心ではかなり緊張していたが、表情も姿勢も変わらないレセリカからはおそらくセオフィラスもそれを察せてはいないだろう。

「そう言ってもらえて安心いたしました。私も同じです。お断りする理由がなかったものですから」

真っ直ぐセオフィラスの目を見つめ返しながら堂々と告げるレセリカに、セオフィラスは驚いたように目を丸くした。しかし、その反応に不快感は見えない。純粋に驚いている様子である。

　実際、セオフィラスは心底驚いていた。通常、このように返せば怒り出すのが普通であったし、彼もよくそれを見てきたからである。むしろ、安心したようにさえ見えるレセリカの反応は、セオフィラスの目にはとても新鮮に映ったようだった。

「……レセリカは、私のことを知っていましたか？」

　驚いた様子のまま、セオフィラスはいくつか質問を口にした。レセリカはそのすべてに正直に答えていく。

「それはもちろん。絵姿と、お噂を少し耳にした程度ではありますが」

「実際に会ってみて、どう感じましたか？」

「とても落ち着いてらっしゃいます。ご聡明な方という話は事実だと」

「ああ、そうじゃなくて。いや、それでもいいのですが。その」

　これまで、余裕のある笑みを絶やさなかったセオフィラスがここで少し気まずげに目を逸らす。

それが珍しくてレセリカは不思議そうに小首を傾げた。

「見た目、の話です。私の姿を見て、何を思いましたか？」

　そして、まったく予想もしていなかった質問にそのまま停止した。

　しかし、セオフィラスはいたって真面目だ。それどころか、これまでになく真剣な眼差しである。

　この質問が彼にとってとても重要なことだとでも言うように。

（ど、どうしましょう。見た目？　これは、どういった意図の質問なのかしら）

しかし、レセリカには質問の意味が理解出来なかった。大切なことを聞かれている雰囲気は察しているのだが、意図がわからない。とはいえ、何も答えないわけにもいかない。

少々パニックに陥ったレセリカが数瞬の間に考え、素直に思ったことを、と焦って出した答えがこれだ。

「……目が、青い、です」

「……」

言った後でしまった、とレセリカは気付く。いくらなんでもこの答えはない。言葉を覚えたての幼児のようではないか。

顔がみるみる内に赤くなっていく。ついに居た堪れなくなって、レセリカは俯いた。

「あ、あの、申し訳ありません。自分でもおかしなことを言ったとは思うのですけれど。殿下の質問の意図を正しく理解出来ていなかったと思います」

それから、観念したように小さな声で本音を告げた。最初から質問の意図を聞き返せばよかったと、レセリカは耳まで熱くなるのを感じながら後悔した。

一方、セオフィラスは先ほどよりも呆気に取られたように目を見開いてそんなレセリカを見ている。が、数秒後には口元に笑みを浮かべていた。

それはこれまでのような作られた笑みではなく、自然に浮かんだもののように見えた。

「いや、いいんだ。それでいい」

セオフィラスはゆっくりと椅子の背もたれに寄りかかって、リラックスしたようにそう言った。驚いたのはレセリカの方だ。慌てて顔を上げると、先ほどまでとは違う柔らかい微笑みを浮かべているものだから、余計に戸惑う。

「他の話をしよう。そうだ、レセリカ。君には弟がいたね」

しかも、急に話題を変えられてさらにレセリカは困惑した。呆れられたのかとも思ったが、それともどこか違う気がする。

頭に疑問符を浮かべながらもはい、と答えると、セオフィラスは嬉しそうに笑う。自分には男兄弟がいないから羨ましいな、とそれは普通の少年のように会話を続けるではないか。

まだ混乱から抜け出せないレセリカは、先ほどからセオフィラスの口調が気さくなものに変わっていることにも気付いていなかった。

「弟ってどんな子？　さっきは緊張した様子だったな……。なんとなく睨まれている気もしたが」

「い、いえ、睨むつもりはなかったかと……」

「あはは！　いいんだ、それはどっちでも。ほら、聞かせてくれないか。レセリカ、弟はどんな子なのかな？」

相変わらず理解が追い付いてはいなかったが、だいぶ先ほどのパニック状態は収まってきたレセリカ。それに、愛する弟の話をされてなんだか嬉しくもあった。

レセリカはロミオの顔を思い浮かべながらセオフィラスに伝えていく。

「はい、弟のロミオはとても優しくて勤勉です。私とは違って表情がクルクル変わる、とても素直ないい子なのです。彼がいると家がいつも明るくて……」

ロミオの良いところだったらいくつでもあげられる。弟が大好きなレセリカが、一度ロミオのことを話し始めたら止まらなくなってしまうのも無理はないことだった。

セオフィラスはそれを止めることなく、最後までレセリカの話を聞いていた。

ふと、レセリカは自分が話し過ぎていたことに気付く。ハッとなって口元に手を当てると、慌てて小さく頭を下げた。

「も、申し訳ありません。話しすぎてしまいました」

「いや。謝ることなんてない。……レセリカは、弟を愛しているんだね」

しかし、セオフィラスは何も気にしていないようだ。それどころか彼の空色の目がとても優しく細められていたので、レセリカは胸に温かいものを感じた。

「……はい。とても。自慢の弟です」

そして、無意識にフワリと微笑んでそう答えた。

「……私も、姉や妹のことをとても愛している。愛する家族がいるというのは、とても良いことだ」

数秒の間を置いて、セオフィラスは少々悲しそうに言った。それを聞いたレセリカはハッとなって思い出す。

（確か、セオフィラス様のお姉様は……）

レセリカは慌てて記憶を思い起こす。セオフィラスの心に大きな傷を残した、過去に起きた暗殺事件。その際、第一王女が命を落としていたはずだ。

確か年齢は、今の彼と同じ九歳。あの事件の時、セオフィラスと王女は同時に倒れ、セオフィラスだけが辛うじて一命を取り留めたのだ。

「ああ、気にすることはない。この話は私が切り出したのだから。むしろ嬉しいよ。おかげでレセリカが家族をどれだけ愛することの出来る人か、わかったことだし」

レセリカがわずかに身動《みじろ》ぎしたことで考えていることに気付いたのだろう、セオフィラスが先に言葉を続けた。

それでもレセリカは、無神経な話題で一人浮かれてしまったことを少し反省して目を伏せる。

気にしなくていいと言っているのに真面目だな、と口をへの字にしたセオフィラスは年相応の少年に見えたのだが、レセリカはやはり気付いていない。

「さて、レセリカはなぜ自分を選んだのかと聞いたね。そして、誰でも良かったと答えた私に同意を示した」

再度、戻ってきた話題にレセリカは目線を上げる。しかし、先ほど話を切り出した時に感じたピリピリとした空気は一切なくなっていた。

「……はい。恐れながら、私は殿下のことをあまり存じ上げません。お噂は耳にしていますが、それだけで判断は出来ませんもの」

「そうだね。私も同じ意見だ」

本音を告げても、困ったことにはならなかった。角が立たないようにと気遣ってばかりの前の人生の時より、随分と楽に話せたことにレセリカは気付く。

もしかすると本当に、ちゃんと主張した方が良い方に向かうのかもしれない。

(殿下が相手だし、あまり自分のことを言いすぎるのはよくないでしょうけれど……)

再び緊張し始めたレセリカは、キュッと両手を握りしめて口を開く。

「ですから、知りたいと思っています。出来ることなら、歩み寄りたいと。共に国の未来を考えていくには、まずは知ることからだと思うのです。同じ方向を向いていないと、国が混乱してしまうでしょう?」

言い切ってからレセリカは、国の未来だなんてまだ婚約したばかりだというのに大胆だっただろうかと心配になった。

けれど、本心だ。何もしなかったら目の前の王太子は何者かに暗殺されてしまうかもしれないのだから。実際に国が混乱した未来を知っているレセリカにとっては、とても大事なことなのだ。

「……ああ、そうだ。その通りだね」

そんな真剣な思いが伝わったのか、セオフィラスも神妙に頷く。

「私も、レセリカを知りたいと思う。お互いに歩み寄る姿勢が大事だというのだね?」

小さく頷いたレセリカを確認し、セオフィラスはふと目線を下げた。難しそうに眉間にシワを寄せている。

「だが、申し訳ないことに私はどうしても人を簡単に信用することが出来ない」

とても誠実だ、とレセリカは感じた。それに、無理もないとも。

過去に起きた暗殺事件の詳しい事情をレセリカは知らないが、姉を亡くし、自身も殺されかけたのなら人間不信になるのは当たり前だ。

(私だって、あの人たちのことはどうしても信じられそうにないもの)

脳裏に浮かぶのは、前の人生でレセリカを陥れただろう人たちの顔。

彼らだって今の段階ではまだ裏切ってはいないのかもしれない。まだ出会ってさえいない人たちもいる。それでも、真っ新《さら》な目で見られる自信がレセリカにはなかった。ただ判決を下しただけの国王にすら、恐怖心が消えないのだから。

気持ちは痛いほどわかる。だからこそ、この人にだけは自分も誠実でありたいとレセリカは思った。

「はい。それで構いません。私は、何も後ろ暗いことなどしないと誓えますから」

そして願わくは、彼にも信じてもらいたい。婚約者として、今後長い付き合いになるのだから。

レセリカの真っ直ぐな目を受け、セオフィラスはゆっくりと頷いた。

「貴女を婚約者に選んで良かったよ。まずは、今日の婚約発表だね。よろしく頼むよ」

「光栄です。もちろん、しっかりとお役目を果たさせていただきます」

先に席を立ったセオフィラスは、レセリカの側に立ちそっと手を差し出した。レセリカは躊躇することなくその手を取ると、一度立ち上がってからカーテシーをしてみせる。

「ふふっ、真面目だね?」

「も、申し訳……」

「あははっ、謝らなくていいってば」

セオフィラスはまた普通の少年のように笑う。

それは本当に珍しいことで、こっそりと様子を見に来た国王夫妻やベッドフォード親子がとても驚いていたのだが……二人がそれに気付くことはなかった。

セオフィラスと共に立ち上がったところで、タイミングを見計らったように国王夫妻や父と弟が部屋に戻ってきた。

どことなく嬉しそうに顔を綻ばせる国王夫妻とは対照的に、オージアスとロミオの二人は表情が硬いように思える。オージアスは元々そういう顔なのだが、レセリカにはいつもと違って見えるし、ロミオに関してはわかりやすく硬い。

「別室でも話したのだが、レセリカにも婚約発表の段取りを話しておかねばな」

「はい。よろしくお願いいたします」

家族の様子が気にはなったが、国王に話しかけられて思考を切り替える。タイミングや立ち位置など、細かい部分は会場で使用人が伝えるとのことで、流れとしては単純なものであった。

新緑の宴が始まる際、いつも国王が挨拶をするタイミングでセオフィラスを広場に呼び、そこで婚約者としてレセリカを呼ぶ。呼ばれたら隣に立って礼をした後、二人で一曲踊ってお披露目は終わりである。

一般的な社交パーティーであればその後、挨拶にくる貴族たちの相手を共にすることになるのだが、新緑の宴は子どもが主役の、子どものためのパーティーである。親交の深い家同士での挨拶はあれど、あまり畏まったことはしないのが暗黙のルールとなっていた。

だからこそ、婚約発表の場に選んだのだろう。セオフィラスの負担を少しでも軽くするために。婚約発表をするのは、令嬢たちへのけん制に他ならない。要は、もう売り込みに来るなよ、というアピールなのである。

レセリカの役目はダンスを踊るところまで。その後はパーティーを楽しむも屋敷に帰るも自由にしていいとのことであった。

本音としては仲睦まじい姿を見せつけてほしいところなのだろうが、知り合ったばかりでそれは難しい。これが成人であったなら、演技でもなんでもしろと遠回しに言われていたかもしれないが。

とはいえ、帰ってもいいと言われてもすぐには帰れないことはレセリカにもわかっている。参加する者はとにかくコネを作ろうと必死なのだから。特に、親が。

何かと理由をつけて親が子に指示を出し、話をさせたがるのだ。今回は婚約者がどんな人物か探ってこい、と言われる子も多そうである。レセリカも探られるのはあまり気分が良くないが、指示された方も気乗りはしないだろう。

（ダンスの後は、挨拶を済ませて出来るだけすぐに帰った方が良さそうよね。色んな目を向けられるのはどうしても気疲れするもの）

前までのレセリカだったなら、婚約者という立場上、使命感もあって最後まで残っていたことだろう。しかし、今回のレセリカは無理をしないと決めている。目的であるセオフィラスとの対談が済んだ今、正直なところレセリカはこのパーティーへの興味を失っているのだから。

あとは婚約発表と多少の挨拶だけはこなさなければ。そもそも、パーティーはまだ始まってもいないのだ。

憂鬱《ゆううつ》ではあるが、それを表に出すことはしない。凛とした姿勢を崩すことなく国王夫妻と王太子の退出を見送ったレセリカは、隣でホッと息を吐きだしたロミオに話しかけた。

「ロミオ、どうしたの？　やっぱり緊張しているのかしら」

まずは、先ほどから気になっていた彼の様子を訊ねる。顔が強張っているし、どことなく目つきも悪い。改めてみると緊張というより今は拗ねているようにも見える。

「違います。だって姉さ……姉上ったら、殿下の手を取って……」

「椅子から立ち上がるのを手伝ってくださったのよ」

「それはわかってますけど」

何をそこまで拗ねているのだろうか、とレセリカは首を傾げた。チラッと父に目を向けてみたが、オージアスもまた表情は変わらない。……いや、ロミオと同じようにどことなく拗ねているようにも見えてますます困惑してしまう。

「僕が！　今日は姉上をエスコートするんですからね！　いいですか、姉上。殿下とのダンスは一曲だけですよっ。その後は僕と踊ってくださいね」

「ええ、もちろん。たくさん踊ったら疲れてしまうもの」

「そういうことじゃ……う、うーん。まぁいいですけど」

どうやら、まだロミオの不満は解消出来ていないらしい。困ったようにふとダリアに目を向けると、彼女もまた困ったように微笑みながら優しい眼差しをロミオに向けていた。

そんなダリアの様子を見てハッとする。もしかしたら、自分がエスコートをする前にセオフィラスの手を取ってしまったから拗ねているのだろうか。馬車に乗る時も父にエスコートされて少し不機嫌になっていたくらいだし、あり得るとレセリカは思い至った。

「パーティー会場でエスコートをしてもらうのはロミオが初めてよ。緊張してしまうだろうから、とても心強いの」

レセリカは愛する弟の可愛らしい嫉妬に心がフワフワとするのを感じていた。この後、会場で浴びせられる負の視線と感情を思うと、弟の存在は本当に心が癒される。

「は、はいっ、お任せください！　挨拶回り以外は姉上と共にいますから！」

「頼もしいわ。ありがとう」

小さな騎士は、たったそれだけでこれまでの不機嫌さがどこかへ吹き飛び、やる気がみるみる上がっていく。再びダリアに視線を向けると、今度はレセリカの方に目を向けており、軽く頷いてくれた。今ので良かった、と言われたようで、レセリカの胸にもほんわかと幸せな気持ちが広がっていく。

なお、レセリカは本心で心強いと思っており、実際かなり頼りにするつもりであった。

「レセリカ。殿下との話はどうだったのだ？」

姉弟の会話が途切れたタイミングで、これまで黙っていたオージアスが口を開く。いつもの無表情は強張っており、慣れていない人からしたらものすごく怒っているように見えるだろう。

だが、レセリカは慣れている人だ。父が自分を心配しているのだと気付いていた。娘がそこまで悟ってくれるようになったことを、オージアスは深く感謝すべきかもしれない。

「はい。とても誠実な方だと思いました。互いにゆっくりと知っていこう、と。殿下のお力になれるよう、今後も精進してまいります」

「……そうか」

レセリカが迷いなくそう告げたことで、オージアスは安心したような、納得のいかないような、複雑で表現しがたい顔になっていた。身内以外が見ていなくて何よりである。

「父上、そのような顔でパーティーに出ないでくださいね？　皆が怖がってしまいます」

「……今更だろう」

「そうかもしれませんが、少しは配慮の心を持ってください。姉上と僕のデビューなのですから！」

「む……」

遠慮なく物を言うようになったロミオの言動は、息子ではなくまるで妻のそれだ。母が生きていたらこんな感じだっただろうかと考え、レセリカは小さく微笑んだ。

会場に人が入り始めたという報せを聞き、レセリカたちはようやく移動を始めた。

新緑の宴は子どもが主役ということもあり、保護者は宴の始まりに国王からの挨拶を聞いた後はその場に留まるも控室に下がるも自由となっている。だが、今回は王太子のお披露目でもある。下がる者は少ないだろうことが予想出来た。

もちろん、オージアスも留まる予定だ。特に、レセリカが婚約者として発表される今日は、彼女の周りに人が集まりかねない。どうしても収拾がつかなくなりそうなら、手助けしてやろうと考えているようだ。

彼の鉄仮面はこういう時こそ役に立つ。不本意ながらオージアス本人にも自覚はあるのである。

とはいえ、パーティーの間は前方に子どもたち、後方に大人たちが集まるようになっている。基本的にパーティーの間は別行動だ。

「ベッドフォード公爵家長男、ロミオ・ベッドフォードです」

「同じく長女、レセリカ・ベッドフォードです」

会場の前で城の使用人に名を告げると、ほぅ、という感嘆のため息が漏れる。それほど、レセリカの気品ある佇まいは素晴らしいものであった。もちろん、ロミオも所作に関してはほぼ完璧に近いが、レセリカは別格だ。

なお、ロミオは自慢の姉が注目を浴びて大変満足したようで、誇らしげに笑みを浮かべていた。彼の基準は一に姉上、二も姉上なのである。

ゆっくりと扉が開かれた。今回の会場は城の大広間であることから、ドアは両開きだ。

ロミオにエスコートされながら、レセリカは真っ直ぐ前を見据えて会場内を進んだ。呼ばれたらすぐに前に出て行けて、それでいて注目も集めにくい絶妙な位置を目指す。

会場内に集まっていた半数以上の招待客が、一斉にレセリカたちに注目した。本来、こういった場では会場に入ってきた人のことはさり気なく確認するのがマナーなのだが、レセリカの凛とした姿に誰もが目を奪われたのである。

その整った容姿はもちろん、八歳とは思えぬ落ち着きぶりや所作の美しさ、それからあまり見ないドレスのデザインという要素が重なり、どうしても彼女に目が向いてしまう、そんな様子だった。

レセリカたちが会場の中ほどへと進むほど、ヒソヒソと囁く声も広がっていく。特に令嬢たちの間で話題になっているようだ。その中には嫉妬や羨望の色が見え隠れしている。

色んな囁きがレセリカの耳にも、そしてロミオの耳にも届いていたが二人とも素知らぬ顔で前を向く。何を言われようが、堂々としていれば良いというのがベッドフォード家の教えなのだ。

「この辺りにしましょうか、姉上」

「ええ、そうね」

ロミオは絶妙な位置に場所を取り、レセリカをエスコートした。それから近くのテーブルの前に立つと、グラスに入った飲み物を使用人から受け取って流れるような仕草で姉に渡す。

「ありがとう、ロミオ」

お礼を言うと、ロミオはわかりやすく喜色を浮かべた。七歳の少年らしいあどけなさの残る微笑みに、レセリカは肩の力が抜けるのを感じる。

(ロミオのエスコートはいつだって安心出来るわ)

前の人生でも、もちろんロミオにエスコートしてもらう機会はあった。今の方が自信に満ち溢れているが、優しいロミオの存在はいつだってレセリカの心の支えとなっていた。

ロミオと侍女のダリアだけは、最後までずっとレセリカの味方だった。

どんな陰口も、側にロミオがいたら全く気にならなかった。気にしたらダメですよ、と少し怒ってそう言ってくれたおかげで、レセリカはとても救われていたのだ。

でも、いつまでもそれに甘えるわけにはいかないことはわかっている。今回の人生では、ロミオやダリアには幸せになってもらいたいと思っているのだ。二人にとってはなんのことかもわからないだろうが、それでもレセリカは二人のために出来ることは何でもやるつもりでいた。

パーティーが始まるまではまだわずかに時間がある。その間にレセリカは会場内に見知った顔がないか、それとなく確認することにした。後で挨拶に向かうベッドフォード家と懇意にしている家の者や、遠い血縁関係にある者などの位置を探るのが目的だ。

けれど、今回は集まった人数も多い。あまり会いたくない人物の顔も見付けてしまう。

父オージアスと仲が良くない家の者はもちろん、ベッドフォード家の立ち位置をよく思わない家の者、それから……前の人生でレセリカを糾弾してきた者たち。

その中で、特に心を揺さぶる顔を見付けてレセリカは息を止めた。

（ラティーシャ・フロックハート……！）

一瞬、呼吸を忘れかけたレセリカは慌ててゆっくりと息を長く吐く。すぐに取り繕えたものの、心臓は早鐘を打っていた。

伯爵令嬢ラティーシャ・フロックハート。ウェーブがかったストロベリーブロンドは愛らしく、二重でぱっちりとした琥珀色の目がキラキラとしている。

とにかく人当たりが良く世渡りが上手で、彼女の周囲にはいつも人がたくさんいた。人から愛されるオーラを持っているのだ。

（アディントン伯爵のご子息は……ああ、二歳年上だから今はいないんだわ）

レセリカはもう一人の要注意人物をすぐに探したが、新緑の宴に出られる年齢を超えていることに思い至って安堵のため息を漏らす。

彼はラティーシャを慕っており、いつも側にいたものだからつい今も近くにいるものだと錯覚したのだ。

そもそも、今回の人生ではおそらくまだ彼とラティーシャは出会っていないではないか。レセリカは自分の動揺した心をなんとか落ち着けようと目を閉じる。

レセリカがここまで内心で慌ててしまったのも無理はない。

『レセリカ様が、まさかそんなことをなさるとは思ってもみませんでした……！』

なぜなら、ラティーシャは前の人生でレセリカを追い込んだ一人であり、セオフィラスの婚約者の座をずっと狙っていた人物だったからだ。そして……。

『レセリカ・ベッドフォード！　お前が殿下を暗殺した証拠は揃っているんだぞ！』

アディントン伯爵令息は、レセリカを暗殺者だと皆の前で叫んだ人物だったのだから。

まだ何も起きていない。自分との接点もない。だから大丈夫だとレセリカは自分に何度も言い聞かせる。それでも、どうしても手は小刻みに震えてしまう。

「姉上？　なんだか顔色が優れないようですが……」

そんなレセリカの様子にいち早く気付いたのはロミオだった。心配そうに顔を覗き込み、姉の体調不良を危惧《きぐ》している。

「ええ、ごめんなさい。少し緊張してきたのかもしれないわ。始まってしまえば大丈夫よ」

「そう、ですか？　もし、無理そうだったらすぐに言ってくださいね」

レセリカがありがとう、とロミオに告げるのとほぼ同時に、会場のざわめきが収まり始めた。どうやら新緑の宴が始まるようだ。

レセリカとロミオも広間前方に身体を向け、国王夫妻と王太子の入場を待った。

前方の扉が開かれ、国王夫妻と王太子が前に出てくる。それから、招待客に向かい合うように立った。

（……あら？　セオフィラス様のチェーンブローチのお色が変わってらっしゃる？）

前に立つ姿を見て、レセリカは僅かに首を傾げた。服装は先ほど会った時と同じようにグレーがかった白いスーツに、金糸で模様の描かれた服を着ているのだが、胸にワンポイントとしてあったチェーンブローチの石は確か赤い宝石だったはず。それが今は紫色の宝石に変わっていたのだ。

「よく集まってくれた。皆の社交界デビューを心より祝おう。そして今日は、我が息子セオフィラスのデビューでもある」

いつの間にか、国王の話が始まっていたようだ。レセリカはハッとなって意識を前に向け、いつ呼ばれてもいいようにと心構えをした。

「さて、早速パーティーを楽しんでもらいたい、と言いたいところだが。今日は他にも報告がある」

国王はそう言った後、レセリカに目を向けて小さく頷いた。これが合図だ。レセリカは目礼をしてからゆっくりと前へ向かう。緊張はしていたが、それしきのことでレセリカの完璧な所作は崩れない。

会場内にどよめきが広がるのを感じながら、レセリカはセオフィラスの隣に立つ。

「彼女は、ベッドフォード公爵家のレセリカ・ベッドフォード嬢。この度セオフィラスとの婚約が決まった」

国王の紹介を受け、レセリカはしっかりと背筋を伸ばして会場に顔を向けた。婚約者のお披露目の場なのだ。この顔を覚えてもらう必要がある。

名前だけならこの場で知らぬ者などいないのだが、レセリカも今日初めて公の場に姿を現している。

第一印象は大事なのだ。自信のなさそうな姿を見せてはならない。

実際、会場内の大多数は納得したようにこの発表を受け止めていた。レセリカは見るからに教育の行き届いた優秀な令嬢であったし、何より美しい。見目麗しい王太子の隣に立つにふさわしいと思わせることに成功したといえよう。

もちろん全員ではなく、良く思わない者もいるであろうが。

「さぁ、パーティーの始まりだ。曲を！」

国王の合図で、会場内に明るいダンス曲が流れ始める。新緑の宴では必ず最初に流れる曲で、皆がこの一曲だけは必ず踊るのが通例だ。今回は王太子とその婚約者だけがまず中央で踊り、二回目に他の者たちが踊ることとなっている。

セオフィラスが差し出した手を、レセリカが取る。そのまま広場の中央に向かう二人に、会場内の視線は集まっていた。

「言い忘れていたことがあったんだ。レセリカ」

「？　はい、なんでしょう」

移動しながら、音楽に紛れてセオフィラスが小さく話しかけてくる。レセリカが前を向いたまま答えると、セオフィラスは耳に口を近付けて囁いた。

「今日のドレス姿、とても似合っているよ」

「お褒めにあずかり、光栄です」

広場の中央に辿り着き、二人は向かい合う。それから音楽に合わせて手を取り合うと、ステップを踏み始めた。

「本当に思っているよ？」

「疑ってなどいませんが……」

「……だって、あまりにも反応がないから」

踊りながらも、二人の会話は続く。反応がないと言われたレセリカは、申し訳なさそうに眉尻を下げた。

「申し訳ありません。私は感情があまり表に出ないみたいで……」

「ふむ、なるほどね」

セオフィラスが片手を持ち上げ、タイミングを合わせてレセリカがクルリと回る。それに合わせて彼女のチュールスカートがフワリと可憐に揺れた。

「そのコサージュって、私の髪の色と同じだよね？　髪飾りも」

「はい。レディ・ジョーが用意してくれたのです」

手を取ったまま二人の身体が離れ、そしてまた近付く。明るいメロディーに合わせて、二人の足が軽やかにステップを踏む。

「自分の色を令嬢たちが身に着けるのを見るのは、あまり好きじゃなかったんだ」

近付く度に、セオフィラスはレセリカに話しかけた。レセリカはその言葉を聞いてわずかに目を見開く。もしかしたら不快にさせてしまったのかもと心配したのだ。

しかし、セオフィラスはすぐに否定した。

「ああ、勘違いしないで。君は別。さっき思ったんだよ。他のご令嬢が勝手に身に着けるのは嫌だけど、婚約者が私の色を身に着けているのは……なんだか気分がいいなって」

禁止すればドレスを選ぶのに困る人もいるだろうから、気にしないようにしていたと彼は語る。

確かに、セオフィラスと同じ髪の色はあまりいないが、同じ瞳の色を持つ男性は他にもたくさんいる。その全てを禁止にするのは恋する乙女に申し訳なくなってしまうことだろう。

自分の気持ちを抑えてそういった配慮を優先するのはある意味当然ではあるが、出来ない者も多い。それを王太子である彼がきちんと考えているというだけで尊敬出来る、とレセリカは思う。

「だからほら、私も君の色を身に着けることにしたんだよ。紫はレセリカ、君の瞳の色だろう？　互いに身に着ければ、特別感が出ると思ったんだ」

セオフィラスの口から告げられた「特別」という単語に、レセリカはほんのり頬を染めた。自分の色を相手が身に着けるというのは、なかなか恥ずかしいらしいことに気付いたのである。

セオフィラスはレセリカの表情の変化に気付き、僅かに意地悪く微笑む。

「あ、いいね。今の表情はすごく可愛い」

「ご、ご冗談を……！」

「あはは、冗談なんかじゃないんだけどな。うーん、君の表情を崩すの、癖になりそうだ」

楽しそうに笑ったセオフィラスは、続けざまに上級ステップは踏めるかとレセリカに訊ねる。

このダンスで踏むステップはスタンダードの他に上級者向けの難易度の高いものも存在する。大人でも出来る人は少ないステップと言われていたが、レセリカは当然それも完璧に習得していた。

控えめに頷いたレセリカを見て、セオフィラスは瞳を輝かせる。

「やっぱり。レセリカはダンスがとても上手いね。せっかくだ、ダンスを思い切り楽しまない？」

「ええ、喜んで」

次の瞬間、二人はタイミングを合わせて上級ステップに切り替えた。とても初めて踊ったとは思えない程息がピッタリと合っている。それでいて余裕もあり、無理をしている様子は微塵も感じら

れない。

（とても踊りやすいわ）

足を一歩踏み出すごとに、よりタイミングが合うようになっていくのが不思議だった。その度にセオフィラスのことを知っていくような錯覚さえ感じる。

「ダンスがこんなに楽しいと思えたのは初めてだよ、レセリカ」

「……はい。私もです」

どうやら、セオフィラスも同じように感じてくれていたらしいことを知り、レセリカは思いの外パーティーとダンスというものを楽しむことが出来た。

いつの間にか招待客は二人のダンスに見入っており、曲の終わりには数秒の間を置いて会場内に盛大な拍手が響き渡った。

セオフィラスとレセリカのダンスが終わった後は招待客がそれぞれ踊り始める。セオフィラスはそのまま一度下がるようだ。姉の下へとやってきたロミオにレセリカを託すと、国王夫妻のいる前方へと戻っていく。その姿を、令嬢たちがダンスをしながら目で追っていた。

それには気付かないフリをして、レセリカはそのままロミオと一曲踊り始めた。

「姉上、先ほどのダンスはとても素晴らしかったです！　相手が殿下なのが悔しいのですが……僕には上級ステップはまだ出来ませんから」

ロミオはレセリカの素晴らしいダンスに興奮しながらも、どことなく悔しさを滲ませている。自分にはまだ無理だとはいうものの、ロミオのリードはとても上手く、きっとすぐに上級も踏めるようになるだろう。

「ロミオは、相手を思いやろうという優しい気持ちが伝わってくるリードの仕方だわ。上級ステップが出来ることよりもずっと大切なことよ」

「姉上……！　はい！　この一曲、大切に踊らせてもらいます」

姉弟は穏やかな気持ちで手を取り合う。先ほどは目まぐるしく移り変わった景色も、今は緩やかに流れているようにレセリカは感じていた。スタンダードステップであるというだけではないだろう。気を許した弟が相手だからこそ、落ち着けるし、楽しいのだ。

とはいえ、さすがにハードなダンスの後に続けて踊ると少々の疲労を感じる。ロミオとのダンスを終えると、すぐに二人で挨拶回りに向かうことにした。

知り合いとの挨拶であったためか、皆が気さくに婚約への祝福を告げてくれる。深入りしてこないのはありがたかった。その辺りの距離感を保ってくれる知り合いで良かったと、レセリカは胸を撫で下ろす。

それに、挨拶に回る人数も少ない。縁者で、同じ年頃の子どもがいる家がそこまでないからである。

ただ、ロミオは次期当主として繋がりを作っておきたい家の者とも挨拶をしなければならない。

一通りレセリカとの挨拶回りを終えた後、ひたすら離れるのが心配だと訴えた。

「それなら、私はもう控室に向かうわ。実際に少し疲れてしまったし……。そこでロミオを待っているから。お城の兵士や侍女が案内してくれるもの。それなら安心でしょう？」

「そ、そうですか？　わかりました。僕も終わり次第すぐに向かいますから。そうしたら一緒に帰りましょう」

レセリカの今日の役目は全て終わったのだ。もう会場に残る理由はないのだから、レセリカとしても問題はなかった。

ようやく納得したロミオを送り出すと、レセリカは近くにいる侍女に声をかけて控室へと向かう。その際、退出に気付いたらしいオージアスが扉の付近でレセリカに声をかけた。

「控室に戻るのか」

「はい。少し疲れてしまって」

「……共に行くか？」

「いいえ。ロミオがまだ頑張っていますから。どうか最後まで見届けてください」

今日はレセリカのデビューで婚約発表の日ではあるが、ロミオのデビューの日でもあるのだ。自分の出番は終わったのだから、せめて父には弟のことを最後まで見てもらいたかった。

「わかった。では、控室でゆっくりしていなさい」

「ありがとうございます。そうさせてもらいます」

オージアスに見送られ、レセリカは城の侍女の案内で先ほど使っていた控室へと戻っていった。

控室に入ると、テーブルにはティーセットと焼き菓子が用意されていた。お茶を淹れるかと聞かれたが、少し休みたい旨を伝えると心得たとばかりに侍女は微笑んだ。それから、ドアの向こう側に兵士が待機しているので何かあればすぐに伝えてください、とだけ言い残して退室していく。

過不足ない対応はさすが城勤めといったところだ。しかし、今は待機部屋にいるベッドフォード家の侍女、ダリアも優秀さでは負けていないとレセリカは密《ひそ》かに思っている。

室内に誰もいなくなったところで、レセリカはゆっくりと窓際に近付いていく。

ずっと室内にいたことで時間感覚がなくなっていたため、まだ明るい外の景色を見て空気を吸いたいと思ったのだ。

窓を開けようと手を伸ばした、その時だった。

音もなく外側から窓が開き、何者かが室内に転がり込んだ。

さすがにレセリカもかなり驚いて目を見開いたが、声を上げることは出来なかった。咄嗟に悲鳴を上げられるようなタイプでもなかったのだ。

何者かは、男性のようだ。薄茶色のフードマントを被っており、しゃがみこんだまま呻《うめ》いている。それからゆっくりと顔を上げた男性は、驚いたようにレセリカに目を向けた。

「げっ、人がいたのかよ……」

そして、声変わりを完全に終えていない幼さの残る声でそう呟いた。どうやら、まだ子どものようだ。

とはいっても、レセリカよりは年上に見える。十三、四歳ほどだろうか。背も少し高く、細身ではあるが筋肉質なのがパッと見でわかった。

(なんだか、どこかで見たことがある気がするわ……)

突然の侵入者に驚きながらも、レセリカは瞬時に気持ちを落ち着かせた。そして既視感を覚える。フードからチラッと覗く緑がかった淡いくすんだ金髪に、緑の瞳。この特徴的な髪の色に覚えがあるのだ。

「っていうか、お嬢サンの気配がなさすぎ。このオレが油断するなんて……」

間違いなく、前の人生で見かけている。レセリカは必死で記憶を探った。

「腹が減りすぎたせいだ……くそっ、誰もいなきゃ盗み食いしたのに」

男性、いや少年は、口を尖らせながら部屋を出て行こうとしている。侵入者にあるまじき大胆さで、堂々と部屋の扉から。

そもそも、レセリカがいたというのに戸惑う様子もない。子どもだからと侮っているのかもしれない。

しかし今はそんなことはどうでもよかった。レセリカは咄嗟に彼を呼び止める。

「待って」

「あん？」

思い出したのだ。彼をどこで見たのか。

確か彼はいつも、レセリカを糾弾していたアディントン伯爵令息とラティーシャの傍らにいた。

でもすぐにその人だと気付かなかったのには理由がある。

「扉の向こうには兵士がいるから。見つかってしまうわ」

「……そりゃ、どーも」

今の彼には、顔に紋章がないのだ。そう、奴隷紋が。

記憶にあるこの少年の右頰には、奴隷紋が焼き印として刻まれていたはず。だが、今の彼にはそれがない。

つまり、この時点で少年はまだ奴隷にはなっていないということだ。

(ここで捕まったら、巡り巡ってアディントン伯爵の奴隷にされてしまうかもしれないわ。あの記憶のように)

それだけは、なんとしても避けたかった。なぜなら彼には特殊な力があるのだから。

おそらく、自分に濡れ衣を着せるための情報集めは彼がやっていたことだ。それが出来るだけの能力があると確信出来るのは、彼が風の一族だからに他ならない。

(思いもよらず私は今、運命の分かれ道に立っているってわけね……)

レセリカは覚悟を決めて、真っ直ぐ少年を見つめた。

少年は口をへの字にし、怪訝《けげん》な表情を浮かべながら頭を掻《か》いている。

「でもオレ、腹減ってんだよ。ご丁寧に教えてくれたのはありがたいけどさー、ちょっと兵士がいるくらいなんてことないし」

「なんてことない、って……」

とにかく今は何かを腹に入れたいから、と再び出て行こうとする少年を、レセリカはどうにかして止めなければと思った。

今引き止めたところで、少年が奴隷になってしまう未来は変わらないかもしれない。それでも、まだ頬に紋章のないうちに彼の情報も得ておきたかったのだ。

「そこに焼き菓子があるわ」

「……貴族サマの施しは受けたくねーんだよ」

自分のために用意されたものだから、彼に食べてもらっても問題ないはず。そう思っての提案だったが、それはハッキリと拒絶されてしまう。

差し出された物には手をつけず、置いてあったら盗み食いをするなんて、普通は逆では？　とも思ったが、こういうタイプは説得しても効果はなさそうだ。

そう考えたレセリカは彼が出て行かないように出入口の近くまで向かうと、扉の方を向いたまま立ち止まった。

「私は何も見ていないわ。誰かがこっそり窓から侵入して、焼き菓子を食べたとしても気付かないの。だって、とても疲れているんだもの」

これなら、勝手に廊下へと出ていくことはないだろう。窓からは出て行ってしまうかもしれないが、少なくとも廊下に出るより捕まる確率は低いと考えた。

「……ふぅん」

「あ、焼き菓子に毒なんかは入っていないわ。毒見をされているはずだから」

背後から小さく聞こえた返事に、レセリカは付け足すように告げた。もしかしたらそれを恐れているかもしれないと思ったからだ。

数秒ほどの沈黙が流れた後、レセリカの背後で少年が歩き出した気配がした。

「ははっ」

少年はどこか楽しそうに笑い声を漏らすと、テーブルに置いてあった焼き菓子に手を伸ばす。それからパクッと一口で焼き菓子を口に運んだ。

「んむ、うめぇ。さすがお貴族サマに出される菓子だよな。……別に、心配なんかしなくても毒なんか効きやしねーよ」

毒なんか効かない、それはどういうことかとレセリカは考えた。いや、少々心当たりはある。だが確信がない。

レセリカはすでに家に帰ってこの気になる事柄を書庫で調べることで頭がいっぱいになっていた。

「ってか、なんでそんなに親切にするわけ？　……もしかして、オレのこと知ってんの？」

「……」

「いや、なんか言えよ。って、そっか。お前は侵入者に気付いていない体《てい》なんだっけ」

そんなわけなので途中で少年に話しかけられた気はしたが、レセリカはあまり聞いていなかった。ただ都合も良かったのでそういうことにしようと頭を切り替えた。

だがその時、急に廊下の方から騒ぎ声が聞こえてきた。レセリカはハッと顔を上げ、少し様子を見てみましょうとわかりやすい独り言を告げる。

少年は怪訝そうに片眉を上げながらも、サッと物陰に姿を隠す。レセリカが自分を匿《かくま》おうとしているらしいことを察したのだろう。

「何かあったのですか？」

そっと扉を開けて外に待機していた兵士に声をかけると、すぐにレセリカに気付いた兵士が姿勢を正して状況の説明をし始めた。

「ああ、ミス・ベッドフォード。いえ、どうやらフロックハート伯爵令嬢が倒れられたようで」

フロックハート伯爵令嬢とは、ラティーシャのことだ。レセリカにとってはあまり良い印象のない人物ではあるが、やり直した今の段階ではまだ接点のない相手。倒れたと聞けばそれなりに心配にもなる。

レセリカは兵士に彼女の容態を訊ねた。

「倒れた？　大丈夫なのかしら」

「はい。意識はしっかりあるそうですよ。なんでも、殿下との挨拶中にふらついたようで……。すぐに殿下に支えられたそうで、怪我はしていないようです」

フロックハート伯爵が別室で待機しているらしく、今は侍女や兵士に支えられながらその部屋に向かっているのだという。それを聞いてホッと安堵の息を吐いたレセリカは教えてくれた兵士にお礼を言うと、再び室内に戻って扉を閉めた。

そして、チラッと少年が隠れた場所に目を向ける。ゆっくりと姿を現した少年は、頬を掻きながらバツの悪そうな様子で口を開いた。

「……マジで、さっき出て行ってたら捕まってたかもな、オレ」

空腹時のあまり動かない身体と頭で、たくさんの兵士と鉢合わせしていたかもしれない。少なくとも、姿は見られていただろう。ここは城の内部。誰かに叫ばれでもしたら、駆け付けたたくさんの兵士によって捕まっていた可能性は高かった。

少年は腕を組んでしばらく唸った後、レセリカに向かってビシッと人差し指を向けた。あまりお行儀のよくない行動ではあったが、レセリカは黙って少年の出方を待つ。

「オレの一族は、恩は返すって決まりがあんだよ。菓子ももらったし、お嬢サンにどんな企みがあるのかないのかはわかんねーけど、決まりは決まりだからな」

恩を返すという割にやたらと上から目線だとは思ったが、特に気分を害することでもないのでレセリカは黙っていた。悪気がないのも見てわかる。

「一回だけ、お嬢サンのために働いてやる」

働く、とはどういうことだろうか。レセリカはわずかに首を傾げながら問い返す。

「何をしてくれるの？」

「別に、なんでも。雑用でもいいし。まーでも、情報収集が得意だぜ？　手を借りたい時に呼んでくれよ。そしたらすぐに駆け付ける。気付くのか？　って不思議に思うかもしんねーけど、ま、そういう一族だからってことで納得しとけ」

そういう一族、ということはやはり少年は風の一族で間違いなさそうだとレセリカは確信した。ならば不思議な現象が起きてもおかしくはない。

謎が多いのだが、元素の一族は妙な力が使えるという噂があるのだ。

「……なんて呼べばいいの？」

名前を教えてくれればいいのだが、無害そうに見えて城に侵入してくるような人物だ。きっと名乗らないだろうからとレセリカは呼び方を訊ねた。少年はあー、と少し考えてから答える。

「……『風』でいい。まー、なんかお前、オレの一族知ってそうだけどな。でも名乗るつもりはねぇぞ」

驚いたことに、少年はレセリカが正体を見抜いていることに気付いたようだ。勘が鋭く、観察力もある。少年はやはり只者ではない。

「オレらが名乗るのは、主人にするって決めたヤツにだけだからな」

どこか誇らしげに語った少年の笑顔はあどけなさが残っており、レセリカは肩の力を抜いた。不審人物には違いないはずなのに、なぜか気を抜いてしまう。そうさせる雰囲気が少年にはある。

思えばそんな不審な相手に、先ほど無防備にも背中を向けてしまったので今更ではある。さすがに油断しすぎたかもしれないとレセリカは内心で反省した。

「……私は、レセリカ・ベッドフォード」

「いや、なんで名乗るんだよ。オレは名乗らねーって……」

「貴方が名乗らないことは、私が名乗らない理由にはならないわ」

「……そうかよ」

けれど、せっかくなので自分の名は告げた。告げなくてもちょっと調べればすぐにわかることだ。

それに、レセリカは少年には知っていてもらいたかった。

もし今後、奴隷になる未来が訪れた時に、自分の名前を出して助けを求めてもらえたらと思ったのである。何が出来るかはわからないが、出来る限りの手助けはしたい、と。

なぜなら、前の人生で見た彼の表情は目に光がなく、希望を失って絶望しているような、そんな様子だったのだから。

目の前で明るく振る舞う姿を見たら、余計にあんなふうになる姿を見たくはない。

複雑な思いで見つめていると、少年はふいにニヤッと笑った。そうかと思えば次の瞬間、室内だというのになぜか風が吹いた。あまり強くはなかったが、急に顔に風を感じたせいでレセリカは一瞬だけ目を閉じてしまう。

「じゃあな、変なお嬢サン。なんか企んでんのかと思ったけど、あれだな。お前本当にただのお人好しだな。けど、一言だけアドバイスしとくよ」

声が聞こえて再び目を開けた時には、先ほどまで目の前にいた少年がそこにはおらず、いつの間にやら窓枠に手をかけてレセリカに歯を見せて笑っていた。やや褐色の肌に白い歯が良く似合う。

「絶対、笑った方がいい！　美人なのに、もったいねーよ」

そんな捨て台詞を残し、少年は窓からヒラリと出て行った。

「今、彼が一瞬で移動したように見えたけれど……気のせいかしら」

それに、突然吹いた風も奇妙だ。開いていた窓から風が入ってきたにしては妙な風だった。

レセリカはそっと窓に近寄って外を確認する。だがすでに彼の姿はどこにもない。

「不思議な人……」

その不思議な少年は態度も言葉遣いも雑だったが、レセリカは彼を好ましいと感じたのだった。

◆　◇　◆

セオフィラスは心底うんざりしていた。

新緑の宴で婚約発表をすると聞かされた時からずっとだ。だが、婚約者であるレセリカが大変好ましい人物であったのは嬉しい誤算であった。

（あれだけのパフォーマンスをしたのに、なんでこいつらは言い寄ってくるんだ……）

レセリカとの楽しいダンスが終わり、さぁ役目は終わりとばかりに裏に引っ込みたかったがそうもいかない。立場上、挨拶に来た者たちとは一言二言の言葉は交わさなければならなかった。

宴に出たくなかった一番の理由は、この時間があったからである。

「先ほどのダンスは素晴らしかったですわ。今度、私とも踊っていただきたいものです」

「ありがとうございます。お褒めの言葉、大変嬉しく思います」

もちろん、表には一切出さないが。セオフィラスは本心を笑顔に隠すのが得意であった。それもこれも、幼い頃に暗殺されかけたあの事件があったからこそ。

あれはセオフィラスが五歳の頃。姉であるフローラ王女が九歳で、新緑の宴でのデビューも間近という時であった。

城に貴族たちが集まるパーティーが催された日で、彼は姉とともに中庭で小さなお茶会を楽しんでいた。煌びやかなパーティーに参加したいとワガママを言うフローラ王女のためだ。

まだデビュー前であるし、様々な思惑が飛び交う場に出るにはまだ王女は子どもすぎる。とはいえ、部屋で大人しくしていろと言うのもかわいそうだと国王夫妻が中庭でのお茶会を許したのだ。

参加者は弟のセオフィラスだけではあったが、フローラはとても喜んだ。実際にパーティー会場で出された食事やお菓子を少し並べてもらえたのが大きい。

だが、それがいけなかった。パーティーで出されるお菓子の一つに、毒が仕込まれていたのだ。

毒見役が気付き、すぐに対処したことでパーティーに出されることはなかったのだが、手違いにより中庭の小さなお茶会で出されてしまったのである。

「セオのお菓子、美味《おい》しそうね」

「姉上は、これが食べたいのですか？　よかったらどうぞ！」

「え、いいのかしら。これ、一つしかないわよ？」

「姉上のためのお茶会ですから！」

「……優しいのね、セオ。じゃあ、半分こにしましょ？」

微笑ましい光景だった。しかし、先にお菓子を口に入れたフローラ王女が苦しみ出したことでその光景は一変する。セオフィラスは飲み込む前だったのが幸いした。

本来なら、毒入りのお菓子を口にしていたのは自分だけのはずだったのに、良かれと思って譲ったことで姉のフローラ王女はそこで命を落としてしまった。

まだ五歳だったセオフィラスは何が起きたのかわからず、少しだけ毒を口にしたことで込み上げてくる吐き気を感じながら、倒れたフローラと慌てる使用人たちの姿をただ呆然《ぼうぜん》と見ていることしか出来なかった。

急いで兵士に守るように囲まれ、医者の下に運ばれ……。慌ただしく過ぎていくその時の記憶は曖昧となっている。

話を聞きつけた貴族家の者たちは、かわいそうな、セオフィラスに声をかけた。優しくして将来は懇意にしてもらおうという打算があったのだろう。

（なんでこの人たちは笑っているんだろう。なんでこの人たちは自分に優しくするんだろう）

五歳のセオフィラスは何がなんだかわからなかった。

（ニコニコしているけど……この中に姉上を殺した毒を、仕込んだ人がいるかもしれないんだ）

そう思ったら、全てが信じられなくなった。笑顔の裏で、どんな恐ろしいことをしているかわかったものじゃない。

その中には本当の笑みや優しさもあったかもしれないが、全てが怪しく見えてしまう。

実際、すぐに今後の話を切り出したことから、少なくともその気持ちが上辺だけのものだと察してしまった。自分の周りにいる大人は、醜い。今いる子どもだって、そんな醜い大人に教育されているのだからすぐに醜くなる。

自分はもっと勉強しなければならない、とセオフィラスは考えた。騙されないように、考えを読まれないように。そして身を守れるように強くならなければ、と。

醜い大人たちのように、笑顔の仮面で本心を隠すようになったのは、それからであった。

（まぁ、中には信頼出来る人がいるっていうのも、わかってはいるけど）

例えば、幼馴染であるジェイルやフィンレイ。あの二人の家は代々近衛騎士となる者を輩出する伯爵家と士官の男爵家であり、ジェイルの家に至っては遥か昔から王家に仕える血筋でもある。

また、フィンレイの父は現国王とは親しい仲であることから、セオフィラスはこの二人だけは信頼していた。いずれ、専属の護衛となるであろう。

今回、婚約者として選ばれたベッドフォード家も遠い縁者であり、代々王家に仕える文官の血筋ではある。当主は国王とも旧知の仲だと聞いてはいるが、あの強面だ。城内では怖がられるばかりで、あまりいい噂を聞かなかった。

有能ではあるし、不正や裏切りの陰もないのだが……雰囲気だけで損をしている家である。

(レセリカも、たぶんそうなんだろうな)

今日、少しの間だけだが話せてよかったとセオフィラスは思っていた。まず、まったく取り入ろうとしてこないところが最初から彼の中で好印象であった。

裏があるならもっと笑顔で擦り寄ってくる。けれどそれが一切ない。単純に嫌がられているのかと思えばそんな様子もなかった。

(まだ完全に信用は出来ないけど……笑った顔が見たいな)

そう考える時点でセオフィラスはすでにレセリカを意識しているのだが、本人に自覚はなかった。

次から次へとやってくる令嬢たち。もちろん令息たちも挨拶には来るが、彼らは婚約への祝辞と簡単な挨拶だけですぐに去ってくれる。

しかし、令嬢たちはそれだけでは終わらない。あわよくば名前を覚えてもらおうと、聞いてもいない自分の得意なことや趣味を勝手に話し始めるのだ。

(……照れた顔は、可愛かった。他にも色んな顔が見てみたい)

セオフィラスは永遠にも感じられる令嬢たちとの挨拶の時間を、現実逃避をしながら乗り切っていた。

「……でも、それを知るのは私だけがいい」

「セオフィラス様？　どうされました？」

「ああ、すまない。次の方を」

レセリカに思いを馳せるあまり、少々ぼんやりしすぎていたようだ。側に控えていた使用人に声をかけられ、セオフィラスは再び背筋を伸ばす。

「フロックハート伯爵家のラティーシャです。殿下、この度はご婚約おめでとうございます」

「ありがとうございます。フロックハート伯爵令嬢」

次にやってきた令嬢の相手も笑顔を張り付けながら答えていると、急に令嬢の身体が傾いていった。

頭の中では他のことを考えていたセオフィラスだったが、反射的に手を伸ばして令嬢の身体を支える。危うくそのまま倒れるのをぼんやり見ているところだったと内心で冷や汗を流しながら。

「大丈夫ですか」

「……う、も、申し訳ありません、殿下。少し眩暈《めまい》がして……」

すぐに手を上げて使用人を呼ぶと、伯爵令嬢ラティーシャがキュッとセオフィラスの袖を握りしめてきた。よほど気分が優れないらしい。セオフィラスはすぐに使用人に別室で休ませるように指示を出した。

「支えてくださってありがとうございます、殿下。力がおありになるんですね……」

使用人に支えられながら立ち去る直前、ラティーシャはセオフィラスに向かって弱々しい声で微笑んだ。その姿を見ていた周囲の令息たちは、その儚《はかな》げな姿に見惚れている。

彼女のフワフワとした愛らしい容姿に、守ってあげたくなるような雰囲気が魅力的に映ったのだろう。

「フロックハート伯爵令嬢、今日はもう休んだ方がいいでしょう」

しかし、セオフィラスには響かなかった。当たり障りのない言葉をかけてそのまま使用人に任せてしまう。今の彼は、レセリカのことで頭がいっぱいなのだ。

ちなみに、レセリカと会っていなかったらパーティーを抜け出すチャンスだと、セオフィラス自ら彼女を控室まで連れて行っていたことだろう。

実際、本来ならここでセオフィラスとラティーシャは出会い、僅かながら親睦を深めるはずだった。

レセリカが新緑の宴に参加しただけで、こんなにも大きく未来は変わっていたのである。

セオフィラスとの仲を深めるのが目的だったらしい、令嬢ラティーシャにとっては誤算である。

彼女は誰にも気付かれないよう、顔を歪ませていた。

四章　お茶会にて

「あった。これだわ」

新緑の宴があった次の日。レセリカは朝から屋敷の書庫に足を運んでいた。

昨日はあの後、ロミオとオージアスがやってきてすぐに帰宅した。

もう少し早かったら風の少年と鉢合わせていただろう。レセリカは内心で冷や汗を流したが、当然それを表に出すことはしない。変わりはなかったかという父の言葉に、途中で令嬢が倒れて運ばれた話を聞きました、とだけ伝えてのけた。

けれど、本当に危なかった。父と弟に見つかっていたら、いくら自分が説明しようと国王に話が伝わっていただろう。そうしたら、その場では捕まらなかったとしても捜索されていたかもしれない。

普通に考えて、城に侵入するのは犯罪だ。それが空腹によるつまみ食い程度の目的であったとしても、暗殺事件が起きたこともある分、かなり厳しく取り調べられるはず。

（……今更だけれど、見逃して良かったのかしら？）

本当に食べ物だけが目的だったのだろうか。もしかしたら、別の目的があったのかもしれない。それこそ、重大な犯罪に繋がるような何かが。

彼が奴隷に落とされるのは嫌だ、という個人的な感情で余計なことをしてしまったかもしれない。レセリカは今になって後悔と反省を繰り返していた。

(今回のことは、してはいけないワガママな行動だったかもしれないわ。でも……)

しかし同時に、安心もした。その後いくら待っても侵入者の話は聞かなかったので、少年がうまく逃げたのだと予想出来たからだ。自分の耳に入っていないだけかもしれないが。

いざとなれば、彼を呼び出して直接聞いてみればいい。ただそれは最終手段である。

「……とにかく、まずは調べてみましょう」

小さく息を吐いて呟くと、レセリカは見つけた本を抱えて椅子に座る。それからじっくりと調べ始めた。彼の一族についてだ。

元素の一族。この国にはそう呼ばれる四つの一族が存在する。火、水、風、地の四つだ。

別に、火の扱いが上手いから火の一族と呼ばれるだとか、そういうわけではない。その在り方が評されていつしかそう呼ばれるようになっただけだと言われている。

ただ、身体的な特徴はある。彼らはなぜか一様に、その一族特有の髪と目の色を持って生まれてくるのだ。火の一族は赤みがかった色、水の一族は青みがかった色、といったように。

「……彼は、緑がかった金髪をしていたわ。目だって綺麗な緑」

そして、風の一族はもっとも不思議な色合いを持っている。一目でそうだとわかる特徴的な配色なのだ。手に持つ本にもそう書いてある。

だからこそ、レセリカもすぐに思い出したのだ。少年が風の一族であることを。

ただ、前の人生で彼を見た時はすでにレセリカは断罪される直前だった。色々と余裕がなかったこともあり、すぐには気付けなかったのだ。

ちゃんと調べるのは今回が初めてである。しかし、本に書いてある特徴を見れば見るほど、なぜ彼が前は奴隷に落とされてしまったのか理解出来なかった。

なぜなら、風の一族は絶滅寸前の少数一族だからだ。それを知らない国王ではないはず。そんな貴重な存在を、奴隷として認めるとはとても思えなかった。

(主人と認めた相手以外の前で姿を見せることはあまりない、風のように摑みどころのない一族、ね。昨日はあっさり見つけてしまったけれど)

少年はまだ子どもだった。あと数年で成人というくらいの。だから未熟な面があったということだろうか。それならば、成長したら本格的に姿を人前に現さないかもしれない。そこまで考えてレセリカはハッとする。

(もしかして、国王様にも内緒で奴隷にされていた……？)

それはあり得る、とレセリカは思った。確か、奴隷だった彼の姿を見た時に近くにいたのはアディントン伯爵とその息子、そしてラティーシャだ。

レセリカを断罪する際に彼が書類を渡したのはアディントン伯爵だったことからも、奴隷の主人が伯爵だったのは間違いないはず。

(いつ、捕まってしまうのかしら。なんとか阻止出来たらいいのだけれど……)

とはいえ、自分に出来ることなど何もない。いくらレセリカが有能な公爵令嬢であっても、まだ八歳という子ども。自ら動ける範囲も家の周囲程度なのだ。

せめてもう少し情報を、とレセリカは本をいくつか探し出して調べてみることにした。しかし、数時間かけて調べても成果はほとんどない。

「風の一族については、本当に謎が多いのね……」

他の一族ならもっと詳しく書かれているのだが、風の一族だけ極端に情報が少ない。地の一族に関しては家系図まで載っているというのに。

けれど、僅かながら収穫もある。風の一族は主人の命令には絶対であること、そして単独行動が多いことだ。

(昨日、城に侵入したのも、もしかしたら彼の主人の命令だったのかもしれないわ)

推測は出来る。けれど今のレセリカにわかるのはここまでだ。完全に手詰まりである。本に載っていることが全てではないし、そもそも情報が少ない。

もし、彼が奴隷になってしまったらまた情報を操られて自分が断罪されてしまうかもしれない。もう二度と、あんな思いはしたくなかった。何度だって鮮明に蘇るあの光景を思い出し、レセリカは身体を震わせる。

とはいえ、現状これ以上の手を打つことは出来ない。情報収集が得意だと彼は言っていたが、呼んだだけで本当に来るのかもわからない。そもそも、調べたいのは彼の一族についてや、アディントン家についてだ。彼にとって危険な橋を自ら渡らせるのは戸惑われる。

「あの時に捕まるのを阻止は出来たから……大丈夫だとは思うのだけれど」

彼の安全のために調べたいが、事情が事情なだけに呼ぶわけにもいかない。

仕方がないと小さくため息を吐いたレセリカは、もう少し調べておこうと何冊かの本を抱えて自室に戻ることにした。


まだ肌寒いものの暖かな気候になり始めた頃、レセリカはいつものように自室で勉学に勤しんでいた。

新緑の宴が終わって二カ月ほど。結局のところ風の少年を呼ぶわけにもいかず、今に至る。

その間、何もなかったわけではない。婚約発表をしたことで案の定、たくさんのお茶会への招待状がベッドフォード家に届いていた。

とはいえ、レセリカは無理をしないと決めていた。どうしても断れない家からの招待以外は全てお断りしており、心身ともに余裕を持った日々を過ごしている。

しかし今、レセリカは珍しく二つの問題に直面していた。机の上に並べられた二つの封筒がその悩みの原因である。

一つはシンプルな白い封筒。王家の刻印が押されており、差出人は王太子セオフィラスだ。内容は、半年後に学園へ入学する前に二人で出かけないかというもの。入学準備の合間にわざわざ時間を取る、というのだ。いわゆるデートのお誘いである。

前の人生ではなかった思わぬイベントに、レセリカはどう対応すればいいのかわからないでいた。そもそも、出かけるといっても二人はまだ子ども。護衛もつけて、城の近くにある植物園を歩く程度のことである。ただ、それでもレセリカにとっては初めての経験だ。緊張もする。

(婚約者として、恥ずかしくないように振る舞わないと)

しかしそれは年頃の乙女が抱えるような緊張ではない。レセリカはどこまでも真面目であった。

(それよりも、先にこっちね……)

レセリカはもう一通の封筒に視線を落とす。淡いピンクの封筒は可愛らしい小花柄があしらわれており、差出人の愛らしさが表れているかのようだ。それはいつものお茶会の招待状。だが、差出人が問題だった。

「ラティーシャ・フロックハート……」

フロックハート伯爵家は王都から少し離れた位置にある領地を治めている。農業が盛んな実り多き領地として知られており、当主のフロックハート伯爵は領民にも慕われる良き為政者だという噂だ。跡を継ぐのは伯爵の長男で、彼もまた将来有望な若者だとレセリカも耳にしていた。

つまりラティーシャはいずれどこかに嫁ぐことになる。王太子の婚約者として名の上がっていた令嬢の一人でもあった。

互いに存在はもちろん知っている。特別仲がいいわけでも不仲でもない。両家はそんな間柄だ。婚約者を選んだのは王太子であるし、誰を選んでも恨みっこなしなのはどの家も承知の上。

貴族家としてそれなりの付き合いはあっても、互いの家はおろか領地を行き来することもない関係だ。そんな彼女からの招待など、普通に考えれば送られてくることはない。

その程度の関係の家からの招待が来たのはフロックハート家だけではない。単純に王太子の婚約者が気になるという理由なのだろうと思う。レセリカは、それらの誘いを全て一律で断っている……のだが。

相手はラティーシャだ。彼女も他の令嬢と同じく単なる好奇心でレセリカを呼んだのだろうか？　前の人生でレセリカを敵視していた彼女からの誘いを受けないままでいいのか？　それを悩んでいるのだ。

(きっと、一度会ってみた方がいいわよね。セオフィラス様に会ったのと同じように)

本音を言えば、レセリカは彼女に会いたくないと思っている。セオフィラスに思いを寄せているのなら、間違いなくレセリカを良く思っていないだろうからだ。お茶会には何かしらの思惑があるのでは、と疑ってしまう。

しかし、何も知らないまま罠に嵌められるのはもう嫌だった。彼女が断罪の直接的な原因ではなかったかもしれないが、何かしら関わっていた可能性は高い。

あの未来を回避するためにも、今のうちに一度ラティーシャという人物と関わっておきたい。

「でも、やっぱりちょっと怖いわね……」

「何が怖いんだ？」

「っ!?」

フゥ、と小さく困ったように呟いたその瞬間、耳元でその呟きに答える声が聞こえてレセリカは息を止めた。驚きのあまり叫び声も出てこない。

そんな彼女の様子を見て、声の主はケラケラと楽しそうに笑い声を上げた。

「あ、あなたは、風の……」

「あはは、おう。なんだ、ちゃんと覚えてたんじゃねーか」

レセリカが振り返った先で見たのは、あの時の風の少年だった。

どうしてここにいるのか、そもそもベッドフォード家にも門番や使用人がいるのにどうやって入って来たのか、など色々と聞きたいことはあったが、レセリカはその質問を全て呑み込む。

たぶん聞いても答えてはくれない。それに城にも侵入出来たのだ、公爵家の屋敷への侵入も出来て不思議ではない。

「私、貴方を呼んでいないわ」

だからこそ、最初に告げたのはそんな一言だった。

少年はやや面白くなさそうに口をへの字にしてから、ニッと口角を上げた。目まぐるしく表情が変わるのはロミオと同じだが、弟よりも年上であるこの少年の方がずっとやんちゃだ。

「最初の言葉がそれかよ。聞きたいことや言いたいことなんか他にもたくさんあっただろうに。……お嬢サンてさ、頭いいよな？　まだ八歳だろ？　驚くぜ」

少年は楽しそうに言いながら、頭の後ろで手を組んだ。手を回した拍子に首の後ろで結った髪がサラリと揺れる。今日はフードを被っていないため、レセリカは初めてちゃんと少年の姿を見た気がした。

「髪、長かったのね」

「……質問がズレてんだよなー。そこがまた面白いんだけど」

言葉を返されて初めて、レセリカは考えを口にしていたことに気付く。なぜか少年には思っていることをそのまま喋ってしまう。周囲にはいないタイプの気さくな雰囲気がそうさせるのかもしれなかった。

「えっと。驚いたのは私の方。普通に声をかけてもらいたいわ」

「ははっ、それはおあいこだ。オレはあの時、誰もいないと思ってた窓から入ったのにお前がいたからめちゃくちゃ驚いたんだぜ？」

「そもそも勝手に侵入する方が悪いと思うわ」

「そりゃ正論だけどな！」

お前は静かすぎて気配を感じ取りにくいんだよな、と少年はニヤッと笑う。空腹でさえなければ余裕で見付けられたけど、と言ったのは強がりか、事実か。

どのみち、お腹が空いているというだけでミスをするなら未熟であることに変わりはないのだが。

「それよりも、何か用があったの？」

「……ほんっと、冷静。騒がれるよりずっといいけど、もう少し慌ててくれてもいいのに」

そう見えるだけでレセリカは十分驚いているのだが、あまり人には伝わらない。実際、人より平常心を保つのが得意ではあったが、つまらなそうに口を尖らせて文句を言われる筋合いはないだろう。

無意識にレセリカの目は細められ、それを受けた少年はわかったよ、と慌てたように口を開いた。

「なぁ、お前さ。いつオレに仕事を頼むんだよ？」

どうやら、しびれを切らしたようである。他の場所に行こうにも、呼ばれたらすぐ駆け付けられるようにあまりレセリカから離れた場所に行けないのだ、と。

なるほど、とレセリカは納得した。と同時に、安心もした。少なくとも自分がアディントン伯爵に近付かなければ、彼が捕まる危険もなかったのだとわかったからだ。

「特に期限は言われなかったもの。頼みたいこともないし」

「えぇ……？　ほら、なんでもいいんだぞ？　ちょっとしたお使いとか、嫌なヤツの情報集めてこいとか。お嬢様ってやつはもっと遠慮なくこき使ってくるもんなんじゃねーの？」

とはいえ、ずっと約束で縛っていたら彼の自由を奪うのと同じだ。城に忍び込んだ侵入者ではあるが、レセリカは少年を悪いようにしようとは思えない。どうにかして奴隷になるのを阻止したいだけだ。ただ、それが難しい。

「お使いは使用人が行ってくれるもの。情報も特に……」

求めていない、とは言えなかった。けれど、彼を危険な目には遭わせたくない。レセリカはお人好しなのだ。

そこまで考えてレセリカはあることを思いつく。これならアディントン伯爵には近付かなくて済む。

「一つ、頼みたいことを思いついたわ」

レセリカがそう告げると、少年は待ってました、とばかりに身を乗り出した。

「今度、出席するお茶会に一緒に来てほしいの」

「茶会ぃ？」

しかし、その話を聞いて少年はわかりやすく嫌そうに顔を歪めた。

レセリカの考えは単純なものだ。気の進まなかったフロックハート家のお茶会に参加し、そこでアディントン家との繋がりがないかを調べてもらいたいというものである。

アディントン家に女子はいないので、令嬢だけが集うお茶会にアディントンの者は来ないだろう。危険の少ない環境で、二つの家の関係を調べられるならそれをお願いしたいと考えた。

ずっと不思議だったのだ。フロックハート家とアディントン家はそこまで親しい間柄ではなかったはず。

アディントン家は現王妃の遠縁にあたる家で、領地は狭いながらも代々王家に仕える士官を輩出していることで有名な家柄だ。農業を扱うフロックハート家との繋がりがいまいち見えてこない。

それなのに、あの時はラティーシャと、アディントンの息子であるリファレットは一緒にいたのだ。それも、協力関係であるように見えた。

今の段階で両家に繋がりがないならそれでいい。あるならそれが何かを知りたい。ほんの僅かでも情報が欲しかったのである。

「なんでそんなこと調べんだ？」

「……それは言わなければいけないこと？　誰かに話す？」

さすがにそれを聞かれて素直に答えることは出来ない。いや、正確には答えてもいいのだが信じてもらえないだろうことはわかっている。

だからこそ、レセリカは質問を質問で返すことにした。これで何かしら事情があるのだと察してもらえるのならそれが一番いいと思うからだ。

「んなことするわけねーだろ！　たとえ大っ嫌いな相手だったとしても、仕事の秘密はバラさねーよ。あー、生涯の主なら話は別だけど」

レセリカの言葉に少年はやや拗ねたように頬を膨らませた。やはり誇り高い一族なのだろう。そういった面で彼はやはり信用出来ると思えた。

「ま、言いたくなきゃそれでいいさ。簡単な仕事だし、やってやるよ」

しかも察してくれる。こういったやり取りにも少し慣れているのだろうことがわかった。

それはそれで、まだ子どもなのに随分と色んな経験をしているのだなと感心するやら心配になるやらでレセリカは複雑な心境になる。

そういう彼女も、一度十五歳まで人生を歩み、挙句の果てに処刑されるというとんでもない経験をしているのだが。

「……生涯の主がいるのに、ここで私なんかの頼みを聞いていていいの？」

せっかくなので、レセリカは少年の口から出た単語を拾って気になっていたことを探る。彼の主が誰なのかまでは教えてもらえないだろうが、ヒントくらいは聞けるかもしれないという思惑であった。

「いねぇよ？」

「え？」

しかし、答えはレセリカの予想とは違うものだった。二人してきょとん、としたように目を丸くしている。

「オレにはまだ決まった主はいねーの。そう簡単には見つかんねーよ。今探し中ってわけ。オレたちは主が見つかるまでこうして適当に依頼を受けたりしてなんとかやってるんだ」

少年の話を聞いて、レセリカはそれもそうかと納得した。風の一族は、一度決めた主人に生涯仕えると書いてあった。それは自分の人生をかけているといってもいいことなのだ。見つけるのが難しいのは少し考えればわかることである。

「あ、お嬢サンの場合は借りを返してるだけだけどな。他のヤツには依頼料しっかり貰ってるぜ？」

どこか人との交渉に慣れている様子なのは、すでに何件も依頼を受けていたからなのだろう。そのことにまたしても納得しつつ、レセリカは感心した。

「まだ若いのに、もう働いているのね」

「……そうじゃねーと食っていけねーのっ。オレの一族は単独で動くからな。早い段階で独り立ちさせられるし。慣れだよ、慣れ」

自分は貴族の生まれだから当たり前のように何不自由なく暮らしているが、一般的にはそうではないのだ。幼い頃から家の手伝いをするのが当たり前なのである。貴族家の子どもだけが勉強や習い事の時間とお金をかけてもらえるのだ。

少年からそう聞かされて、レセリカは自分の無知を恥じた。自分の見ていた世界はとても狭かったのだ。レセリカは、もっと街に住む一般家庭の暮らしについても勉強しようと心のメモに記した。それから、奴隷についても。目を逸らしていたのだ。今もあまり見たくはないとレセリカは思っている。

でも、そういったことも知らないままでは良くない気がした。目の前の少年にその未来が待っているかもしれないと思うと余計に。

そこまで考えたら、レセリカはどうしても聞かずにはいられなくなった。

「もし、もしもね？　誰かに無理やり働かされることになったら、どうする？」

この誇り高い一族の少年が、そんな立場になったらどう思うのか。その確認をしておきたかった。けれど、この質問を聞いた少年はスッと表情をなくす。一瞬で雰囲気が変わったのを見て、レセリカは己の失敗を悟った。

「……それは奴隷落ちのことを言ってんのか」

それはとても低い声で、彼がとても怒っているのがわかる。レセリカは冷や汗を流した。

「ざっけんなよ？　オレらは誇り高い一族だ。奴隷なんかになるくらいなら自決を選ぶね」

レセリカを鋭い眼差しで睨みながら、少年は吐き捨てるようにそう告げた。

レセリカはその勢いに呑まれて何も言えず、ただ少年を見つめ返している。そして、申し訳なさからフッと目を逸らした。

「……っと、悪い。もしもの話なのに勝手にキレて」

嫌われても仕方ない、と思いかけた時、少年の方が我に返って謝罪の言葉を口にした。レセリカはハッとなって慌てて再び少年に目を向ける。少年はバツが悪そうに頭を掻いていた。

「いいえ。私が不快な話をしてしまったのが悪かったの。ごめんなさい」

喩《たと》え話でこれほどまでに嫌悪感を示すのだ。前の人生ではどれほどの屈辱だっただろう。しかも、自決した方がマシと言っておきながら従わなければならない状況にさせられていたということだ。

それを思うと、なんとしてもアディントン伯爵に捕まらないようにと願わずにはいられない。

「……はやく、主が見つかるといいわね」

それは本心だった。彼には悔いのない人生を送ってほしい。あの姿をもう二度と見たくはないと思ったのだ。

少しやんちゃで、でも真っ直ぐな少年には悪戯《いたずら》っぽく笑っていてもらいたい、と。

「風の一族は、生涯仕える主人を見付けるのが喜びだって本に書いてあったから。あの、違ったのならごめんなさい。どのみち、余計なお世話だったわ」

その願いはただの押し付けだとレセリカにもわかっている。それでも、言いたかったのだ。その気持ちのほんの一部だけでも伝わっていればそれで良かったのである。

「……いや、いいさ。ありがとな。そんな風に言ってもらえるのは初めてだから、なんか、こう……ムズムズする。しかも貴族サマがオレみたいなヤツに謝ったりして、さ。ほんと、調子狂うな、お前」

「……ふふっ」

少年があまりにも目の前で百面相をするので、なんだかおかしくなってレセリカは珍しく声を出して笑った。それを見た少年は驚いたように目を丸くした後、すぐに屈託のない笑みを浮かべる。

「やっぱお前、笑った方がいいよ。美人がより美人に見えるし」

貴族同士で交わされる、決まり切った褒め言葉よりもずっと、少年の言葉はスッとレセリカの心に響く。

ありがとうと言いながら浮かべたレセリカの微笑みも自然と浮かんできた美しいもので、少年は暫し見惚れることとなったのだった。


レセリカがフロックハート家のお茶会へ行くと告げると、父オージアスは何度も娘に聞き返してきた。

本当に行くのか、何のために行くのかとそれはしつこく問い質《ただ》され、レセリカが思わず苦笑してしまったくらいだ。

ほんの一年ほどで彼女の無表情も少しずつ改善し始めたようで何よりである。

「一度くらいは、あまり交流のない方のお誘いもお受けしようかと。それに、この時期は特に忙しくもありませんし、余裕がありますので」

「そ、それはそうかもしれないが……。少々、遠いぞ？」

「だからこそ、良い経験になると思うのです」

当然、本当の理由などとても伝えられないのでそれらしい理由を告げるレセリカ。内心では少し罪悪感に苛《さいな》まれているのだが、表に出ないところがさすがである。

「しかし、フロックハート家か。表立って悪い噂はないが、少しだけ気になることがなくもない……」

「気になること、ですか？」

ただ、予想外の父の反応にレセリカは僅かに目を丸くする。一方でオージアスは眉間にシワを寄せて難しい顔になっていた。相変わらずの強面だ。

だが、決して不機嫌なわけでないことは、この家に住む者は皆すでに理解している。

「……いや、噂を小耳に挟んだだけだ。お前に妙な先入観を植え付けたくはない」

オージアスはため息を吐くように苦い顔で告げる。もはやその表情と言葉だけであまりよくない噂なのだということがわかるのだが、詳しい話をするのは避けたようだった。

そこまで言われると聞きたくなるものだが、レセリカもまた深く聞くことはやめた。事実、聞かされた場合そういった目で見てしまう気がするからだ。

すでに前の人生で植え付けられた恐怖により、レセリカは国王やアディントン伯爵のことを怖い人だと感じている。今の段階で彼らにはまだ何もされていないのだからと、出来るだけ真っ新な目で見ようと努力はしているのだが……それでも恐怖が拭えないのだ。余計な話は聞かないのが一番である。

「ただ、情報なら問題ないだろう。お前も知っていることかもしれんな。フロックハート伯爵夫人のことは？」

「あ、確か隣国の……」

答えを聞いてオージアスは小さく頷く。レセリカはフロックハート家の情報の記憶を引っ張り出す。

夫人は隣国の貴族出身だったはずだ。男爵家の娘だった彼女は嫁いでからこの国のために尽力していると聞く。実際、フロックハート家の領地では彼女の活躍により農作物の収穫を大幅に増やしたという実績もある。行動力もある有能な女性なのだ。

ただ、隣国の貴族階級は上昇志向を持つものが多く、裏切りや潰し潰されの話が絶えない。裏で醜い足の引っ張り合いが繰り広げられていることは有名な話であった。

夫人がなぜこの国のフロックハート家に嫁ぐことになったのか、その経緯はわからないが、隣国の貴族であるということだけであまり油断はならないと考えてしまう。

(けれど、噂のせいで苦労している可能性もあるわ……)

何か裏がある可能性はもちろんあるが、出身地だけで彼女の性格や考えまで決め付けるのはよくない。レセリカだって、前の人生ではその外見だけで近寄りがたいだの完璧すぎるだの言われてきたのだ。あれこれ噂され、為人《ひととなり》を決め付けられるのは夫人だって不快だろうとレセリカは考える。

(お父様が言い淀むような、よからぬ噂もあるということよね)

父が耳にした噂もあくまで噂だ。誰かが悪意を持って流したのかもしれないし、事実かもしれない。

いずれにせよ、この場で真偽はわからないのだ。考えても無駄なのだから頭の片隅に置いておくくらいが良いだろう。

「問題ありません、お父様。フロックハート家の令嬢は私と同じ年だとか。交流するのなら同年代のご令嬢と、と思ったにすぎません。もし彼女とは合わないと思えば今後の付き合い方を考えるだけですもの」

「そ、そうか」

人付き合いに関して、レセリカはドライであった。

というより友達を作ったことがないのだ。どうやって歩み寄ればいいのかわからない彼女は、基本的には来る者拒まず去る者追わずといったスタンスである。つまり受け身の姿勢なのだ。

加えて彼女は表情も変わりにくく、発言も悪意なく理路整然とした正論を突きつけがちだったため誤解をされやすい。身分も高貴であるがゆえに余計レセリカに近付こうとする者はいない。だからこそ、以前は友達を作ることが出来なかった。

自分に落ち度がある、とレセリカは自覚している。かといってどうすればいいのかはわからない。本人としても悩みの一つではあるのだ。

(親しく出来る人がいるならそれに越したことはないけれど……このお茶会で見つけるのは難しいでしょうね)

なんといっても、ラティーシャは前の人生で自分を敵視していた存在だ。彼女が最初からレセリカを敵視しているのなら、招待される人たちも彼女の味方である可能性は高いだろう。警戒しなければならない場で、呑気に友達を作ろうなどとはさすがに思えない。

（他にも、お茶会の誘いを受けてみるのもいいかもしれないわね……）

フロックハート家でのお茶会はもはやレセリカにとって戦場である。お茶会というものに嫌な思い出だけが残るのはどうなのか。

質問攻めに遭うのは憂鬱だが、歩み寄らなければ前と何も変わらない。友達は難しくともせめて、他愛《たわい》ない話が出来る相手を見付けたかった。

（……もしかしたら、本当にお友達が出来るかもしれない、し）

なんだかんだ言っても「友達」というものに対する憧れは強いレセリカである。

考えた末、レセリカはあともう一件だけあまり気負わずに行けるお茶会の誘いを受けたい旨を父親に伝えるのだった。

フロックハート家の領地に向かうには馬車で丸一日かかる。午後のお茶会に出席するためには行きと帰りに一泊ずつベッドフォード家の別荘に泊まる必要があった。

自分の領地からほとんど出たことがないレセリカにとって、今回は初めての外泊だ。前の人生でも遠出は数えるほどだった。向かう場所が場所なだけに、純粋に楽しむことは出来ないが、レセリカは内心でほんの少しだけワクワクしている。

「姉上、やっぱり僕も付いて行きましょうか……？」

「いいえ、ロミオ。貴方にはやるべきことがあるでしょう？　そんなに心配しなくても大丈夫よ」

ちなみに、出かける前は弟がギリギリまで一緒に行こうとしてきたが、レセリカ専属の侍女兼護衛のダリアがいるからと説得することになったのは余談である。

もちろん、あの風の少年も一緒である。ただ当然ながら彼の存在は、家族はもちろん使用人にも秘密なので共に行動は出来ない。というより、レセリカも彼が今どこにいるのか把握していなかった。

(移動中は一切姿を見なかったけれど……本当について来ているのかしら)

むしろ不安になるくらいである。

「馬車ぁ？　あー、オレはいいよ。大丈夫だって。ちゃんとすぐ目の前に出て来られる位置にずっといるからさー」

心配して聞いてはみたものの、このように返されてしまってはそれ以上何も言えない。軽い口調とは裏腹に、絶対に馬車には乗らないという意志のようなものも感じた。よほど嫌だったのだろう。

(というより、最初から貴族を信用していない感じよね)

貴族嫌いなのか、苦手意識があるのかもしれない。余計に無理強いは出来ないとレセリカは思っていた。

とはいえ、本当にどうやってついて来ているのかは謎である。馬車のスピードに合わせて走っているとでもいうのだろうか。それも、御者や護衛に見つからないように？　無理ではないかと思うのだが、考えても答えは出てこない。レセリカは思考を放棄した。

別荘で一泊して朝早くに出発し、もうすぐフロックハート家に着くという頃。いつの間にか外は広大な畑が広がる景色となっていた。

どこまでも広がるその景色に、レセリカは息を吞む。フロックハート領は農業が有名だとは聞いていたが、実際に目にするとまた違う。

(作物を育てるのは大変だと聞いているけれど、一度体験してみたいものだわ)

レセリカの目が僅かに輝いている。勉強のためというより好奇心が疼《うず》くのだろう。

ただ惜しむらくは、この領地の主とあまり友好的な関係を築けなそうなところである。小さくため息を吐き、レセリカは馬車の背もたれに寄りかかった。

「レセリカ様、もう少しで着きますよ。昨日から移動ばかりでお疲れではありませんか？」

「大丈夫よ、ダリア。貴女こそ大丈夫？」

「ええ、ダリアは丈夫なことが取り柄ですから」

明るく笑うダリアの笑みにレセリカはホッと肩の力を抜いた。ニコニコしていることの多い彼女はレセリカにとって母親のような存在だ。年齢はまだ十代後半であり、母というには若すぎるのだが。彼女の仕事ぶりは素晴らしく、いつだって優しくて温かい。

あまり表情の変わらない不愛想なレセリカ相手でも嫌な顔一つせず、むしろ気持ちを汲み取って先回りしてくれる。おそらく、誰よりもレセリカのことを理解してくれており、一番の味方であると断言出来た。

（お父様やロミオもそうだけれど……でも、ダリアは別ね）

今回の付き添いだって、ダリアが一緒だからこそ許されたようなものだった。そうでなければまだ子どものレセリカを評判もよくわからない伯爵家へお茶会になど向かわせられなかっただろう。

ただ、彼女については不思議も多い。ファミリーネームを聞いても自分はただのダリアだと言って教えてはくれないし、レセリカの護衛も担うほど戦うことに慣れている。

考えれば考えるほど訳ありである。前の人生ではあまり疑問に思うこともなかったけれど、今ならそのスペックの高さに疑問を持たずにいられない。

けれど、レセリカは詮索する気などなかった。他ならぬダリアが何も言おうとはしないのだ。ならばそれでいいと思っていた。ダリアはダリアだし、何があっても味方でいてくれる家族。そう、本当の家族だと思っているのだから。

（いつか秘密を明かされる時が来たのなら、どんな事情があったとしてもそれを受け止めるだけだわ）

自分と一緒に処刑されるつもりだったダリア。最後までレセリカは悪くないと声を張り上げてくれた。レセリカはあの恩を絶対に忘れないと誓っている。

だからこそ、たとえダリアの過去があまり人には言えないようなものだったとしても、今目の前にいる彼女だけを信じていつまでも味方でいようと思っているのだ。

「どうかしましたか？　レセリカ様」

「……いいえ。ダリアの笑顔は見ていて安心するなって、そう思っただけよ」

「えっ、笑顔、ですか？　ちょっと照れますね……」

恥ずかしそうに笑ってお礼を言う彼女を見ていたら、そんなに酷い過去なんてなさそうにも思えるのだが。

人生は何が起こるかわからない。真面目に王太子妃になる勉強をしていただけなのに、処刑されたりもするのだから。

お屋敷が見えてきました、というダリアの声でレセリカは窓の外を見る。広大な畑の所々に民家が見え、小さな町が広がっていた。風がフワリと運んでくる土と緑の香りがレセリカの鼻腔《びこう》をくすぐる。

その町の小高い丘の上にお屋敷はあった。淡いピンク色の屋根が可愛らしく、令嬢ラティーシャのふんわりとした髪を想起させる。

レセリカは戦地へ赴くような覚悟を決め、表情を引き締めるのだった。

町の中を馬車で走る。ベッドフォードの領地と違って道幅が広く、人があまり通らないからこそ出来ることだ。

それでも人がまったくいないわけではないため、速度はゆっくりである。不躾《ぶしつけ》に町の様子を見るのもよくないからと、民家が見えてきたところでレセリカは馬車の窓のカーテンを閉めた。

次第に馬車が坂道を上り始めたらしく、レセリカは馬車の背もたれにゆったりと寄りかかる姿勢となった。おそらく屋敷のある丘を上っているのだろう。

それから数分の後に馬車はゆっくりと停車し、御者がフロックハート家の者と何かを話す声が聞こえてきた。

「失礼します。到着いたしました、レセリカ様」

「ええ。ありがとう」

外から馬車のドアが開かれ、馬で並走していた護衛の手を借りて優雅に降りるレセリカ。すでに彼女は公爵令嬢レセリカ・ベッドフォードの顔つきになっており、その所作には無駄がない。フロックハート家の使用人たちはそんな八歳の少女の気品や美しさに見惚れていた。

「案内をお願いしますね」

「は、はい！　こ、こちらです。どうぞ」

使用人に案内されながら、レセリカはダリアと護衛二人を連れて屋敷の中へと進んだ。

パッと見た印象は「可愛らしい」に尽きる。屋敷の壁は白く、入り口に続く小道は花のアーチが並んでおり、まるで絵本の世界のようだ。ところどころに小人の白い像が並んであったり、彩り豊かに植物が植わっていて少女が喜びそうな景色になっている。

（ラティーシャ様はご家族に愛されているのね）

間違いなく娘のためであろう。事実、フロックハート伯爵が娘を溺愛しているということは町では有名な話である。

屋敷の中も可愛らしい調度品が飾られており、外観の期待を裏切らない内装となっていた。壁紙は淡い小花柄、絨毯《じゅうたん》も薄いピンク色。いくら娘のためとはいえ、当主である伯爵や長男は嫌にならないのだろうかと首を傾げたくなる。が、嫌にならないからこそこうなっているのだろう。レセリカは深く考えるのをやめた。

案内されたのは中庭だった。お茶会はこうして庭で開くのが最近の社交界のブームとなっているらしい。屋敷内の照明より明るい外の方が、血色よく見えるからだそう。世の女性は自分たちをより美しく見せたいのである。

とはいえ、日差しが強ければ日焼けをして髪も肌も荒れてしまう。そうならないように植物やレースのカーテンなどでお洒落なシェードが用意されるのが主流となっていた。

フロックハート家のシェードはそのどちらも使われており、屋敷全体のイメージに合うように可愛らしく、それでいて上品な日除けが施されていた。

「レセリカ様！　本日はお越しいただきありがとうございます。ラティーシャ・フロックハートです」

レセリカが中庭に一歩足を踏み入れると、すぐにフロックハート家の令嬢が駆け寄って挨拶をしてきた。

本来、他家との関わりがある場合、身分が上の者から話しかけない限り口を開かないのがマナーである。だが、お茶会の主催となると話は別だ。主催者が招待客に挨拶をし、席まで案内するのがマナーになる。

駆け寄ってきたラティーシャは今日も愛らしい笑みを浮かべていた。新緑の宴で見かけた時と同じように、ふんわりとしたピンクゴールドの髪を揺らしている。

「こちらこそお招きありがとう、ラティーシャ様。とても素敵なお屋敷ね」

油断すると前の人生で向けられたあの疑惑に満ちた目を思い出してしまうのだが、それをグッと堪えてレセリカも挨拶を返す。

屋敷を素敵だと褒められたラティーシャは嬉しそうに頬を染め、両手を組んだ。

「そう言ってもらえて嬉しいですわ！　さぁ、こちらへ！　あぁ、ごめんなさい。私、少しはしゃぎすぎですわね……！」

コロコロと表情を変えるラティーシャは本当に愛らしい。屋敷やその容姿のイメージにピッタリの性格をしているようだ。素直で少し子どもっぽいけれど、それがまた魅力的に感じる。

「いいえ、構わないわ。今日は貴女のお茶会だもの。気にせずいつも通りにしてもらえたら嬉しいわ」

「そ、そうですか？　で、でも！　ちゃんと出来るところもお見せしますわね！」

前の人生での記憶がなかったら、無条件に彼女を好ましく思っていただろう。実際、今も彼女のことは好ましいとレセリカは感じていた。

けれど油断はならない。彼女は確か、セオフィラスを慕っていたのだ。婚約者として選ばれた自分に対して好意的な感情を抱いているとは思えない。ただ、目の前の彼女がセオフィラスを好いているのかまではまだわからないのだが。

それでも、楽観視していてはいざという時に冷静でいられないかもしれない。レセリカは気を引き締めるためにわずかに背筋を伸ばした。

(風の少年は、どうしているかしら)

彼の言葉を信じるのなら、すでに屋敷の中で調査を始めているだろう。にわかに信じがたいことではあるが、心配していても仕方がない。うまくいかなかったらまたその時に考えればいいのだ。

まずはこのお茶会を乗り切ること。レセリカは思考を切り替えて案内された席に座り、ラティーシャに顔を向けた。

全員が揃ったことを確認した彼女が、両手の指先だけを合わせて愛らしく挨拶を始めたのだから。

「本日はお集まりいただき、ありがとうございます。こうして、同年代のご令嬢が五人集まる機会はあまりないでしょう。えっと……初めて言葉を交わす方もいるでしょうけれど、仲を深めるキッカケにでもなれば嬉しいですわ。領地で採れた素材で作った軽食もありますの。どうぞ、リラックスして楽しんでくださいね！」

ラティーシャの挨拶は少々たどたどしくはあったが、招待客をもてなそうとする気持ちや楽しんでもらいたいという気持ちが伝わる良い挨拶であった。

心なしか、緊張していた他の令嬢もその挨拶と笑顔でホッとしたように見える。場の空気を和らげる雰囲気は天性のものだ。

「はじめまして。ベッドフォード家長女、レセリカです。こうして皆さんとお会い出来て光栄よ。親しくしてもらえると嬉しいわ」

最初にレセリカが口を開く。そうしないといつまでたっても会話が始まらないからだ。当たり障りのない挨拶を心がけたつもりだが、背筋が伸びたままで隙のないレセリカの姿に令嬢たちは完全に委縮してしまっている。

レセリカは誰よりも美しいが、表情がほとんど変わらないからか同時に怖くもあるのだろう。三人のご令嬢たちは戸惑い、目だけで互いに次は誰がと探り合っているようだ。なかなか次に繋がらない。

せっかくラティーシャの挨拶で少し緊張が解《ほぐ》れたというのに、またしても逆戻りである。レセリカは内心で困惑し、同時に申し訳なく感じていた。

「レセリカ様、まさか来てくれるとは思っていませんでしたわ！　ここは遠かったでしょう？」

「ええ。でも、とてもいい経験が出来たわ。この領地の美しさも知れたし、来てよかったと思っているの」

そんな中で、物怖じせずに話しかけてくるのはラティーシャである。彼女のフワフワとした容姿と気さくさで、再び令嬢たちの肩の力が抜ける。

(これがラティーシャ様のいいところね。私にはない部分だわ)

とはいえ、レセリカにはこの空気感をどうすればいいのかがわからない。対処法が思いつかないのだ。彼女たちが緊張してしまうことはわかるのに、うまくフォローが出来ないことに歯痒《はがゆ》さを感じている。

「ね、皆さんも緊張しているのでしょ？　よかったら、私から紹介させてくれないかしら？」

そんなレセリカとは対照的に、ラティーシャは人の心を和ませるのが抜群にうまかった。嫌味もなく、委縮しすぎることもない。

彼女が人から好かれるのも頷ける。今も勝手に紹介し始めるのではなく、ちゃんと令嬢たちを気遣いながらレセリカに紹介しようとしてくれていた。

あの記憶がある分、どうしても彼女を怖いと感じていたが、実は良い子なのかもしれない。レセリカは、ラティーシャという人物について決めつけてしまわないよう気を付けなければと気を引き締めた。

令嬢たちがそれぞれ小さく頷きで返事をすると、ラティーシャはニッコリと笑いながら一人ずつ紹介をし始める。

まずはラティーシャの左隣に座る巻き毛の令嬢、アリシア。彼女はフロックハート家と仲のいい子爵家のご令嬢だという。

二人だけで会うことも多く、一番親しげなのが雰囲気でわかった。警戒心が強いように見受けられ、緊張からか顔が強張ってレセリカに向ける微笑みもぎこちないものとなっている。ただ、歩み寄ろうという姿勢があるのか、ちゃんと目を合わせてくれるのは好ましい。

次に紹介されたのはアリシアの隣に座る赤毛の令嬢、ケイティ。彼女も子爵家の令嬢で、フロックハート伯爵とは父親同士がよく仕事で顔を合わせるという。その関係で、彼女もラティーシャに会う機会がそれなりに多く、親しい付き合いをしているらしい。ケイティはおっとりとした雰囲気で、とても優しそうに見えた。

「そして最後に彼女ですわね。キャロルは男爵家のご令嬢ですわ。商家の娘だからと、こうした場に慣れるために積極的に参加するようにしているんですって。性格もサッパリしているからとても話しやすいの」

「きゃ、キャロルです……！　レセリカ様、お、お会い出来て光栄、です！」

キャロルは緊張でガチガチになりながらも、自分から挨拶をしてくれた。頭を勢いよく下げた拍子に、バサッと長い亜麻色の髪がテーブルに落ちる。額もぶつけたのではなかろうか。

見ていて心配になるほど硬くなっているが、それ以上に自分で挨拶をと思って勇気を出してくれたのがレセリカは嬉しかった。

「私も会えて嬉しいわ、キャロル様。仲良くしてちょうだいね」

「は……は、はいっ!!」

その気持ちが表情に出たのか、レセリカはほんの少し口角を上げていた。その微かな笑みに見惚れたようにキャロルは顔を真っ赤にし、蜂蜜色の目を見開いて返事をする。どうにかこうにか声を出した、といった様子だ。

見れば、ラティーシャを含む他の令嬢も驚いたように目を丸くしてレセリカを見ていた。アリシアもケイティも頬を染めて、レセリカを見ている。

「？　どうかしたのかしら？」

一方、微笑んだ自覚のないレセリカはその反応に首を傾げる。令嬢たちの顔を見回しながら問いかけると、真っ先に再起動を果たしたラティーシャが口元にだけ笑みを浮かべて口を開いた。

「……いえ。みんな、レセリカ様も笑えるんだ、って。そう思って驚いたのですわ」

その言葉はほんの少し、そう、ほんの少し嘲《あざけ》りの響きを持っていたが、レセリカはそれに気付かない。しかし背後で控えていたダリアは、ラティーシャから僅かに漂った敵意を感じ取り、人知れず警戒を強めた。

その後は、令嬢たちの緊張も少しだけ和らいだようだ。香りのいい紅茶とフワフワのスポンジケーキやクッキーを前に、お喋りに花を咲かせ始めた。

令嬢とはいえまだ子ども。美味しいお菓子の前では素が出るというものである。常に冷静で隙のないレセリカが例外なのだ。

「あの、レセリカ様は普段どんなことをして過ごしてらっしゃるのですか？」

「普段……空いている時間のことよね？　そうね、本を読んだり、弟と散歩に出かけたりするわ」

甘いお菓子にさらにリラックスしたのか、令嬢たちは順番にレセリカに質問をし始めた。特に巻き髪のアリシアが積極的で、緊張しながらも好奇心を抑えられないといった様子である。

「弟さんと？　そういえば、新緑の宴でエスコートをしていらしたわ！」

「レセリカ様によく似て、素敵な方でしたねぇ」

「うっ、私もお会いしたかったです……」

両手を合わせて思い出したようにアリシアが言うと、ケイティがほのぼのと紅茶を持ち上げながら同意を示し、キャロルは不参加だったため残念そうに項垂《うなだ》れた。

とても自然な会話が出来て、レセリカは感動を覚える。自分もこうして、同年代の令嬢と楽しくお喋りが出来るのが嬉しかったのだ。

今日はいつもより紅茶も香り豊かに感じる。単純に良い茶葉を使っているだとか、中庭に咲く花の香りもあるからという理由もあるのだが、それを抜きにしても美味しいと思えた。

令嬢たちも、レセリカは近寄りがたい雰囲気があるだけで意外となんでも答えてくれるというのがわかり、安堵したようだ。その後も他愛ない質問をしたり、自分の話をしたりと楽しい雰囲気が続く。

そうして談笑すること数十分ほど。これまで会話にあまり参加してこなかったラティーシャがついに自ら話題を振った。わずかに頬を膨らませた様子が絶妙に可愛らしく見える。

「もうっ、みんな。先ほどから当たり障りない話ばかり。本当はもっと気になっていることがあるでしょう？」

ラティーシャがそう言うと、令嬢たちは揃ってウッと口ごもる。お互いに目配せをし合い、聞いていいものかどうか様子を窺《うかが》っている。

その雰囲気だけで大体の内容を察したレセリカは、持ち上げていたカップを置く。きっと彼女たちは口を開かないだろう。ここはラティーシャの本心を探るいい機会かもしれない、と口を開いた。

「何かしら？」

小さく首を傾げてラティーシャを見ると、彼女はフワリと花が咲いたように笑った後、申し訳なさそうに眉尻を下げた。

「不躾な質問になってしまうのですけれど……」

「構わないわ。今日はお喋りを楽しむ日だもの。答えられないことなら、そう言うわ」

不躾な質問、と聞いてレセリカは内心で身構える。やはりあの話題だとわかったからだ。

もちろん表には出さない。スムーズに返事をしてみせたレセリカにラティーシャはわずかに驚きを見せたが、ではお言葉に甘えてと前置きを入れて口を開いた。

「殿下のことを、どう思っていらっしゃるのかなって」

きゃあ、と色めき立つ歓声が中庭に響く。どうやら、他の令嬢たちも気になっていたようだ。

まだ子どもとはいえ、いや子どもだからこそ恋に夢見る乙女たちの好奇心は抑えられない。ラティーシャが切り出してくれたことで、特にアリシアがどうなのですか？　と目をキラキラさせて聞く態勢をとっている。

質問の内容は予想通りのものだ。お茶会ではよく聞かれることでもある。ダリアにも「これは絶対に聞かれると思います」と言われていたことだし、答えの用意も出来ていた。

ただ、予想以上に彼女たちが食いついたのでレセリカは一瞬だけたじろぐ。それからすぐに気を取り直して、これまで返してきた通りの返答を口にした。

「そうね。とても志が高くて、努力家でいらっしゃると思うわ」

「んもー、そういうことじゃありませんわよ、レセリカ様っ」

しかし、ラティーシャからは不満げな答えが飛ぶ。レセリカの言葉にやや食い気味だ。

「レセリカ様が、殿下のことをどう思っているのかという話です。一人の殿方として！　だって、婚約者なのでしょう？　あんなに素敵な方ですもの。お心を寄せていらっしゃるのですか？」

やけに必死である。これまでのどこか余裕のある無邪気な様子から一変して、とても真剣な雰囲気だ。

しかし今のレセリカはそんなラティーシャの変化に気付かない。なぜなら、これまでされたことのない返しをされたことで少々動揺してしまったからである。

「こ、心を寄せて……？」

困ったような表情で頬を染めるレセリカ。ロミオに聞かれた時とは違い、同年代の令嬢たちに訊ねられたことが妙に気恥ずかしかったのだ。

そもそもレセリカはセオフィラスが婚約者だとわかってはいるものの、恋愛に結びついていない。わりと重症な鈍感さであった。

「い、いえ。そんな風には見たことがないわ。新緑の宴で初めてお会いしたのだもの」

だからこそ、気恥ずかしいと感じるのだろう。目を逸らし、頬を赤くしながら小さな声で答えた。

一方、令嬢たちは照れたように答えるレセリカの可愛さに心を射貫《いぬ》かれていた。普段とのギャップにときめいてしまったらしい。

「あんなに素敵なのに!?」

ラティーシャだけは、信じられないといった様子で食い下がっている。ただ、その意見には同意しているようで、アリシアたちもうんうんと頷いていた。

「ええ、素敵だとは思っているわ。けれど、お互いのことをまだ知らないでしょう？　殿下とは少しずつ、互いに歩み寄っていきましょうとお話をさせていただいたわ。それだけよ」

最後に誤魔化す様に紅茶を口にするレセリカに対し、ラティーシャは呆然としていた。他の令嬢たちはほうっ、と息を吐いてうっとりとした表情を浮かべている。

「ゆっくりと愛を育んでいくのですね……！　ああ、素敵っ！」

「レセリカ様、ぜひまたお話を聞かせてくださいまし！」

「わ、私も！　お二人の恋物語にはちょっと興味がありますっ！」

王太子と公爵令嬢。それも美男美女の素敵な恋物語が繰り広げられるのだという期待感が彼女たちの中で高まっているようだ。

現実には物語のようにいくとは限らないし、前の人生でも恋には無縁で生きてきた。そのため、レセリカは向けられる期待の眼差しに居た堪れなさを感じるのだった。

令嬢たちがこれからの恋物語に思いを馳せていた時、そのフワフワとした空気を変えたのは、またしてもラティーシャだった。

「でも、心配ではありませんか？　だって、あんなにも素敵なんですもの。いつか側室を娶《めと》られるのではないかとか、そちらにお心を取られるのではないか、とか……」

ギュッと胸の前で両手を組み、悲しそうな表情で言うラティーシャは今にも泣きそうな顔をしていた。それぞれがそんな彼女の様子にハッとして心配そうな眼差しを向けている。

「ああ、ごめんなさい。最近、知り合いのお姉様方からそんな話を聞いてしまって、つい……。話に水を差してしまいましたわね」

目を伏せ、やや目を潤ませたラティーシャは庇護欲をそそる。

曰く、ラティーシャはいつか誰かと結婚をするのなら自分の好きな相手と、そして生涯自分だけを見てほしいと思っているのだという。貴族社会に生きている者の考え方としては甘すぎる考えだとレセリカは思ったが、アリシアが何度も頷いて同意を示していたのでこれが一般的な考えなのかもしれない。

年頃の少女はこういった願望を抱くのが普通なのだろうか。レセリカは内心で首を傾げた。同意は出来ないレセリカだったが、その考えを否定するつもりはなかった。

ただ、自分には自分の考えがある。前の自分だったら、ここで曖昧にそうですか、と言うだけだっただろう。

「……殿下のお心は殿下のもの。いつかそういう日が来たというのなら、私はそれを受け入れながら自分のすべきことをするだけよ。何も変わらないわ」

そう言われて育てられてきたのもあって、レセリカにとってはそれが普通だ。というより、貴族社会では当たり前のことである。責任が重く圧《の》し掛かる立場の殿下が、心を慰めるために自分だけでは不十分だと思われるのならそれも仕方ないと。

ここに集まった令嬢たちだって、まだ子どもとはいえ皆そのくらいは理解しているはずなのである。納得出来ているかはわからないが。

「それはわかっていますわ！　でも、そう簡単に割り切れるものではありませんでしょう？　レセリカ様は気になさいませんの？」

やはり、納得はしていない様子である。ラティーシャはここぞとばかりに詰めてきた。泣きそうな顔で両手を組む彼女を見て、やや芝居がかっているとレセリカには思えた。

(彼女がこの話をする裏の意図を抜きにしても、本心ではあるようね)

その甘すぎる考えをレセリカの担当教育係が聞いたなら、数時間の説教コースである。似たような質問をもっと幼い頃に控えめに訊ねたレセリカでさえ、数十分説教をされたのだから。

そう、レセリカにだって彼女たちの主張がわからないわけではないのである。一度は同じ疑問を抱いたのだから。共感は出来ないものの、理解は出来る。ここで説教じみた反発をしても聞き入れてはもらえないのもわかっていた。

ならば、素直に。自分の思っていることを、そのまま正直に伝えようとレセリカは決めた。

本当は、少しだけ怖いのだ。自分の考えが正しいとは限らないことを知っているし、それによってまた孤立してしまうのではないかと。

それでもと思うのは、やはりあの忌まわしき出来事が過るからだ。後悔だけはしたくない。レセリカは小さく拳を作った。

「私が言ったのは、淑女としての心得です。それをいつも胸に置いておくだけで、いざという時に心構えが出来るのよ。もしも心が離れたら？　それはその時に考えればいいことよ」

それがほぼ確実に起こり得ることなら、対策は必要だろう。そうならないために、普段から気を付けられることがあるなら努力だってする。

「まだ起きてもいないことで不安になるなんて、それこそ相手に失礼ではない？　今の相手を見て、知っていくことこそが、相手の方を想うということなのではないかしらって……私は思うのよ」

人生の終わりなんて、いつ来るかわからないのだから。今、この時の幸せを大事にすることがどれほど重要か、レセリカは嫌というほどわかっている。

「私は、まだ見ぬ未来には絶望ではなくて、幸せを見たいわ。皆さんは違うのかしら……？」

思い出すのは処刑台。悲痛な叫び、罵倒。だからこそ、未来に幸せを見出したいと願うレセリカの思いは切実だった。

もちろん彼女たちにそんなことはわからない。冷たいと思われても仕方ないとレセリカはやや諦めモードである。

「レセリカ様……。ええ、ええ。そうですよね。不安に思ってばかりだと、楽しく過ごせませんよね！」

最初に、熱のこもった目でレセリカを見つめながら言葉を発したのはキャロルだった。

商家の娘である彼女にとって、相手の意見を否定しない話し方は身に染み付いた習性でもある。

だが、彼女の様子を見るに、今の言葉が本心であることが伝わってきた。とても素直な令嬢である。

「私、反省します。確かに、最初から疑ってかかるなど失礼な行いですよね」

「そうですわね。しっかり覚えておいて、その時が来たら思い出そうと思いますわ」

続けてケイティが恥ずかしそうに微笑みながらポツリと言い、最後にアリシアが手を握りしめながらそう告げた。

（このお二人はたぶん、本心ではないわね……）

あまりにもあっさりとした返答はわざとらしく見え、とりあえず同意を示しただけという印象を受ける。

だが、そう思うだけで真実はわからない。本心かもしれない。偉そうなことを言っておいて、レセリカこそ彼女たちを疑ってかかっており、それがまた心苦しかった。

一度、そんな思いをグッと呑み込んでレセリカはラティーシャに向き直る。伝えるのなら最後まできっちりと、と。

「ラティーシャ様、怖いと思うのは当たり前のことよ。私だって、本当にそんなことがあったらショックを受けるかもしれないもの」

ラティーシャは悲しそうに眉尻を下げたままこちらを見ている。潤んだ瞳も相まって、まるでレセリカが悪者のようだ。

けれど、レセリカは気にせずそのまま続けた。

「けれど、そんな時は相談に乗ってくれる人がたくさんいるのでしょう？　ラティーシャ様には、優しいお友達が多くいるもの。きっと味方になってくれるわ」

そうでしょう？　と令嬢たちに視線を送れば、それぞれが慌てたようにもちろんです、と声を上げる。

レセリカにとって、ラティーシャはあまり印象のよくない存在だ。だからこそ、この場にいる令嬢たちのことも疑ってしまう。恐怖はどうしても拭いきれないからだ。

けれど、「今」はまだ何も起きていないのだと自分に言い聞かせる。もう少し素直に、彼女たちを信じてもいいのではないか、と。

全てが怪しく見えるし、みんなが敵に思える。そんな彼女たちを信じるというのはとても勇気のいることだったが、レセリカはそれを選んだ。

「……私もよ。もし必要なら、あなたが困った時には助けになりたいって、そう思っているわ」

今のレセリカにとって、ラティーシャはお茶会に呼んでくれた一人の令嬢であってそれ以上でも以下でもない。敵対するのは、まだ早い。そうであってほしいという願いでもある。

だからこそ偽りのない言葉とともに、彼女に手を差し出した。

この手をラティーシャは摑んでくれるのかどうか。レセリカは心臓が飛び出してしまうほど緊張しながら彼女の反応を待った。

数秒の間、ラティーシャは何も言わなかった。それどころか、少しも動こうとしない。レセリカはもちろん、他の三人の令嬢たちも少し不安になった頃、ラティーシャはふわりと笑顔を見せた。

「ふふっ、まさかこんなことで皆さんの優しさを確認出来るとは思ってもいませんでしたわ」

これまで通りの笑顔だ。差し出した手も両手で一度ふんわりと包んでから離してくれた。レセリカはホッと息を吐く。

「私、臆病でしたわね。恥ずかしいわ。でも、ある意味よかったかもしれません。だって、こんなにも優しい言葉をかけてもらえたのだもの！」

指先を合わせて照れたように話すラティーシャは魅力的だった。紡がれる言葉も素直に受け止められる。

「レセリカ様も、ありがとうございます。名前程度しか知らない私の誘いに応じてくれただけでなく、励ましてもらえるなんて……」

一度目を伏せたラティーシャは、顔を上げて真っ直ぐレセリカに視線を向けた。

「今後も、ぜひ仲良くさせてくださいませ。レセリカ様」

屈託なく笑うラティーシャは、誰もが愛らしいと目を奪われるだろう。実際、三人の令嬢たちは可愛い妹を見るような目で温かく見守っている。

けれどレセリカは、ほんの少しだけゾクッと背筋が凍るような何かを感じた。目の前のラティーシャは邪気のない微笑みを浮かべているというのに。

きっと、あの記憶に引きずられているだけだとなんとか自分に言い聞かせる。信じたいのに、恐怖の方が勝っている気がする。しかし、黙っているわけにもいかない。レセリカは不安を胸に抱きつつも、こちらこそと返事をしたのであった。

お茶会を終え、それぞれが帰途につく。馬車に乗り込む令嬢たちをラティーシャがわざわざ見送りに外まで出てきてくれた。

一人一人に挨拶をし、手土産にとお茶会でも出された焼き菓子を手渡すラティーシャ。仲の良いアリシアがいつもありがとうと喜んでいることから、彼女のお茶会では恒例となっているようだ。

「レセリカ様。何度も言ってしまいますけれど……本日はこんな田舎までお越しいただき、ありがとうございました」

　そしてそれはレセリカにも手渡された。淡いピンク色の袋は赤いリボンで可愛らしくラッピングしてある。

「ありがとう。こちらこそ、今日は楽しい時間を過ごさせてもらったわ」

　手土産をダリアに渡し、レセリカは馬車に乗り込んだ。ドアが閉められ、ゆっくりと走り出す。窓からソッと後ろを見ると、ラティーシャがまだ見送っている姿が確認出来た。

　椅子に座り直し、背もたれに寄りかかる。カタカタと揺れる馬車の動きに身を任せ、レセリカは目を閉じた。

「レセリカ様。今日はお疲れでしょう。気になることがあるとは思いますが、少しでもお休みください」

「……ありがとう、ダリア」

　ラティーシャのレセリカに対する態度に、ダリアもどこか思うところがあったのだろう。気遣うようにブランケットをかけてくれたダリアに、レセリカは心が休まるのを感じた。

(少し休んでから考えましょう)

　今回のお茶会では色々と収穫があった。だが少々、情報がまとまらずレセリカは混乱している。

　結局のところ、ラティーシャの真意を知ることはあまり出来なかった。どうやらセオフィラスに憧れているらしいことはわかったが、その程度だ。自分に敵意を向けているのかまではなんとも言えない。ただ、あまり良くは思われていないらしいことはわかった。

(風の少年の話も聞いてから、ゆっくり考えた方が良さそうね)

彼はちゃんと調べてくれただろうか。そもそも、一緒についてきていただろうか。そんなことをぼんやりと考えている内に、レセリカは眠りに落ちていった。


別荘にて、後は寝るだけという時になってようやく彼は姿を現した。

「……女性の寝室に現れるなんて」

「えー。だって、この時間にならないとお前、一人になんねーんだもん」

悪びれもせず頭の後ろで手を組み、風の少年が歯を見せて笑っている。レセリカが冷ややかな視線を送ると、美人顔も相まってかなりの迫力なのだがあまり効果はないらしい。

まだ子どもだから迫力も半減しているのかもしれないが、大抵は怯むのに珍しいことである。

「それに、早く聞いておきたいんじゃないかと思ってさ。迷惑なら帰るけどー」

「どちらでもいいわ」

「……そこは今すぐ話してちょうだいってお願いするとこじゃね？」

移動中に仮眠したとはいえ、疲れの溜まっていたレセリカは今もすでに眠気が限界なのだ。対応が素っ気なくなるのも無理はない。

それをなんとなく察した少年は軽く肩を竦め、よっと声を上げて窓枠から降りた。

「わーったよ。詳しい話は屋敷に帰ってからしてやる。だからこれだけ伝えとくよ。フロックハート家とアディントン家には繋がりがほとんどない。ただ……裏での繋がりまではもっと時間かけて調べないとわかんねー。今回は、オレの嗅覚に引っかかんなかったってだけだ」

「……そうなの」

報告を聞いたレセリカは、とりあえず情報として頭の片隅に置いておくことにした。今の状態では深く考えられる気がしなかったためである。

今にも瞼《まぶた》が落ちてしまいそうなレセリカを見て、少年は面白くなったのか小さく吹き出した。

「なんか、結構疲れるんだな、お茶会ってヤツは。ほら、もう寝ろ。明かりも消してやっから」

少年に促され、レセリカはそうするわ、とフラフラとした足取りでベッドに向かう。それからベッドに腰かけたところでふと顔を上げ、少年に声をかけた。

「貴方も、ありがとう。ちゃんと調べてくれて」

まさかお礼を言われるとは思っていなかったのだろう、少年は驚いたように目を丸くする。

「あんたには驚かされてばっかりだ。借りを返すためにオレが勝手に動いてるだけなんだから、礼なんていらねーよ」

「それでも、ありがたいもの……。あ、良かったら、サイドテーブルのお菓子、食べていい、から……」

レセリカは横になると最後まで言い終える前に眠ってしまった。女性の寝室に入ったと注意してきた割に、侵入者がいる部屋で寝てしまえる神経が少年にはわからなかったが。

「あんまり信用されても困るんですけどー？」

驚くほど理知的で冷静な時もあれば、今みたいに無防備な姿も晒《さら》す。危なっかしいな、と少年は呟いた。

それから言われた通り、サイドテーブルに置いてあったピンク色の袋でラッピングされたお菓子を手に取って、一つを口に放り込む。

「……さすがに毒は仕込んでない、か。考えすぎだったか？」

ペロッと親指を舐めながら、少年は難しい顔で呟く。それが、ラティーシャから手渡されたものであることを見ていたらしく、密かに気になっていたようだ。

安全であることを確認したものの、袋の中の焼き菓子全てが安全とは限らない。

「全部食べていいとは言われてないが、ダメとも言われてねーよな！」

口の端をニッと吊り上げて、少年は中身を全て平らげた。

「ん、なかなかうまかったが、甘すぎ。やっぱ王城で出されたものとは違うんだなー」

軽い調子でひとり言をこぼしながら、少年は部屋の明かりを落とす。

「……毒見とか。そこまでしてやるつもりはなかったんだけど。はぁ、調子狂う」

文句を言う少年の顔は、言葉とは裏腹にどこか楽しそうであった。

五章　婚約者との接し方

ラティーシャは苛立っていた。しかし、焦りはない。むしろ思っていたよりもレセリカという公爵令嬢は騙しやすいと思っている。

それならなぜ、苛立っているのか。それはレセリカがどこまでも清廉潔白だからだ。ラティーシャには彼女が綺麗事を言っているようにしか聞こえない。

ラティーシャは伯爵令嬢ということでそれなりに教育を受けている。親友たちの中でも頭が良く、行動力もあって優秀な部類に入るだろう。

しかし、そのレベルはレセリカには遠く及ばない。よく、とても出来た娘さんだと名前を上げられるラティーシャだったが、いつも決まって話題はレセリカへと移るのだ。あの公爵令嬢は将来が楽しみだ、さぞ美人に育つだろうと皆が口を揃えて褒めそやす。

(なによ。みんなしてレセリカ、レセリカって！　目の前にいるのは私よ!?)

レセリカに生まれつき備わっているセンスや前の人生での経験を無視しても、努力の量からして大きな差があるのだから彼女が注目されるのは仕方のないことだ。

だが、自分が一番でないとラティーシャは許せない。他のことで勝てないならせめてと、自分の強みである「可愛らしさ」を徹底的に磨き続けているのだ。

それでも上には上がいるという事実はラティーシャを常に苛立たせた。そんな折に、一目惚れして恋焦がれている王太子の婚約者にレセリカが選ばれてしまう。報せを聞いた新緑の宴では、怒りで目の前が真っ白になった。大暴れしなかった自分を褒めたいとラティーシャは今でも思っている。

しかし、ラティーシャも馬鹿ではない。一度冷静になって考えを巡らせる程度には知恵も回った。その考えた内容というのが、レセリカの弱みを握るためにお茶会へ誘い、あわよくばけん制したい、というものである辺り、まだ子どもの浅はかな計画ではあったのだが。

「さ、皆さん。二次会と参りますわよ」

レセリカを見送り、屋敷へと戻ったラティーシャは談話室にて声をかけた。ソファーで寛いでいたのは二人の令嬢、アリシアとケイティだ。先に帰ったと見せかけて、裏口側に戻ってきていたのである。

この二人はラティーシャと幼い頃からの親友であり、今日のお茶会の目的も知らされていた。いわば、協力者である。

「思っていたよりもずっととっつきやすい人でしたわね。レセリカ様って」

早速アリシアがレセリカに対する率直な印象を口にする。協力はするものの、別に彼女はレセリカに対して思うところはない。

見た目の印象から冷たくて怖い人だと思っていたから身構えてはいたが、実際に話してみればなんてことのない、自分たちと同じ側面も持っている普通の令嬢らしいことがわかったのだ。ゆえに、アリシアの印象は上方修正されていた。

「ふふ、ラティーシャ様がいつ癇癪《かんしゃく》を起こすかって、ドキドキしました」

一方、ケイティは正直なところ、レセリカに興味はなかった。彼女の興味は常に楽しい事柄にある。それが恋愛の話であっても、揉めごとであっても、退屈な日常を忘れられるのならそれでいいのである。

「ケイティ、悪趣味よ。嬉しそうに言わないで！」

「あら。私には癒やされているのではなかったのですか？」

「あんなの、あなたの表向きの印象を言っただけよ。もう、いいから作戦会議をするわよ！」

二人の親友はなかなか癖のある令嬢たちだったが、なんだかんだ言っていつも協力してくれる。立場的に逆らえないのも多少はあるが、二人とも無邪気で子どもっぽく、それでいて頭の回転は悪くないラティーシャのことが嫌いになれないのだ。

「やはりキャロルはダメでしたわね。こちら側には回らなそうです」

「ああいう思い込んだら一直線なタイプは、味方に引き入れられたらレセリカ様を糾弾する時に勢いが増したでしょうに。残念だわ」

アリシアがキャロルの名前を出すと、ため息を吐きながらラティーシャが頬に手を当てて言う。

今回、キャロルという男爵令嬢を呼んだのはあまりにも身内だけで固まると不審がられるのではないかと心配したからに過ぎない。

あわよくば、商家の娘で顔の広いキャロルを味方に引き入れられれば都合がいいと思っていたのだが、そちらは断念せざるを得なそうだとラティーシャは諦めた。

無理に引き入れなくても特に問題のない、取るに足らない人物。それがキャロルに対するラティーシャの認識であった。

「……ねぇ、ラティーシャ様。本当にあの方と対決するのですか？　なんだか殿下ともうまくいきそうですし、勝ち目が低そうではありません？」

あれこれと意見を出し合い、話が一度途切れたタイミングでアリシアが控えめに告げた。

ただ、これで引き下がるラティーシャではないとわかっているようで、口元には笑みが浮かんでいる。

案の定、ラティーシャはムッとしたように口を引き結び、テーブルに両手を勢いよくついた。茶器がガチャンと音を立てて揺れ、中の紅茶が少し跳ねる。令嬢としては叱られる行いである。しかし幼い頃からラティーシャの癇癪に慣れている親友二人は驚かない。

「先に殿下に思いを寄せていたのは私の方なのよ？　レセリカ様ったら、まだ殿下をお慕いしてもいないのに……！　後からきた癖に奪われるなんて嫌よっ」

言い分も子どもじみたものである。だがラティーシャからすれば自分の物を横取りされたのと同じなのだ。

反応がわかっていたアリシアは苦笑を浮かべ、ケイティはコロコロと笑いながらからかいの言葉を口にする。

「あらあら、ラティーシャ様ったら子どものようにワガママさんですねぇ」

「う、うるさいわね、ケイティ！　貴女、どっちの味方なのよっ」

対応も慣れたものである。だが、からかわれているようでラティーシャとしては気に入らない。不機嫌そうにケイティを睨みつけている。

その視線を受け、ケイティはおっとりと微笑みながら静かに口を開いた。

「面白い方の味方ですよ？　ラティーシャ様も知っているでしょう？　貴族社会なんて退屈なことばっかり。決められた相手と結婚して、子を産んで、一生退屈な日々を過ごすことが決まっているのだもの。ちょっとでも楽しそうなことがあったら乗っておかないと、本当に私の人生がペラペラになってしまいます」

八歳にしてすでに将来に希望を抱くのを諦めたかのようなケイティに、ラティーシャはもちろん、アリシアもウッと言葉に詰まる。彼女の両親はかなり厳格な人なので、その影響かもしれない。

「私、ケイティだけは敵に回したくありませんわね……」

「アリシア……気が合うわね。私も今同じことを考えていたわ」

「あら。私は何もしませんよ？　怖くなんてありませんよー」

三人の間になんとも言えない作り笑いが広がった。

「と、とにかく。レセリカ様がただ無感情なお人形ではないって情報は大きな収穫だわ。自分の意見も言えないお人形であればどれだけ楽だったかしれないけれど。でも、騙されやすいわ。私に手を差し伸べるなんて！」

キャハハ、と楽しそうに笑うラティーシャに、殿下を諦めるという考えは微塵もない様子だ。

「私は絶対に、殿下のお嫁さんになるんだから！　側妃でもいいわ！」

「え、それでよろしいのですか？」

「いいのっ！　いずれ殿下の寵愛をいただくのは私だもの。どんな形であれお側においてもらうことが第一なのよ！　絶対に愛されてみせるわ」

「すごい自信……」

とにかくラティーシャは素敵な王子様に愛されることを夢見ている。お城での優雅な生活やお姫様という響きに酔いしれる年頃なのだ。

「仕方ありませんわね。ラティーシャ様とは長い付き合いになるでしょうし。出来ることなら協力しますわよ」

わかっていたことなのだろう。アリシアがラティーシャに微笑みかけると、ケイティも小さく手を上げた。

「あら。私だって楽しそうなことなら協力は惜しみませんよ？」

「……ケイティはブレないわね。まぁ、いいわ。楽しませてあげるからついてらっしゃい」

「ふふ、だからラティーシャ様って好きです」

こうして少女たちの二次会は終わりを告げた。

このような会議は今後も続けられ、いつしか悪巧みへと変わっていくのだろう。この未来は変わらないのかもしれない。

しかし、レセリカの前の人生の時とは違いもある。

それは、アリシアとケイティの認識である。「うまくいくだろう」というものから「うまくいくかはわからない」という僅かな認識の変化。

この小さな変化が、レセリカが前の人生で受けた「令嬢たちの嫌味の数々」に影響を与えるのである。


お茶会の日から数日後、王太子の心を射止めると決意したばかりのラティーシャは父親に呼ばれ、衝撃的な話を聞かされていた。

「こ、婚約者？　嫌ですわ、お父様！　私は殿下と……！」

「ラティーシャ。ああ、わかってくれ我が愛する娘よ。お前の気持ちは尊重したい。だが今婚約者を決めておかねば、何かあった時に行き遅れと言われるのはお前なのだ」

娘が王太子に惚れ込んでいることを理解していた父だったが、新緑の宴にて殿下が婚約を発表したことを知り、早急に娘の婚約者を探した。理由はラティーシャに述べた通り。

目に入れても痛くないほど溺愛している娘を嫁がせることは死ぬより辛いことと思ってはいるが、行き遅れになるのはもっと辛い。何よりもラティーシャの幸せを望むからこそ、父は必死になっていたのだ。

だが、この父親はとにかく娘に弱い。キッと八歳の娘に睨みつけられて怯んでしまうくらいに。

「お父様は、私が殿下に選ばれないと思っていらっしゃるのね？」

「そ、そんなことはない！　お前の愛らしさに気持ちが傾かない男など居るわけがないだろう」

このように、簡単に同意を示しては下手に出てしまう。とはいえ、今回の件についてはさすがに引くことは出来ない。

婚約の話は妻が親戚の伝手《つて》で入手してきたものであり、この父でさえもなかなかの良縁であると思えるものだからだ。そういった相手というのは、他からも話が持ち掛けられやすいということでもある。要するに、早い者勝ちという側面があるのだ。

貴族社会において、婚約の話が決まるのは早ければ早い方が良い。それは恋愛結婚が広まりつつある世の中において少々古い考えではあるのだが、無視出来る問題でもない。つまり、この縁談は簡単に断ることが出来ない話なのだ。

だからこそ、父はどうにか娘の説得を試みた。

「そ、そうだ。婚約者がいることは公にしない、というのはどうだ？　それなら学生の間、お前が自由に恋愛しても問題はない。相手方に何か言われても、そういうフリをしているのだと言い逃れが出来るだろう？」

言い訳くらいなら利く。妻が持ってきてくれた話とはいえ、元々は相手方が是非にと持ち掛けてきたと聞いているのだから。

「……私が殿下のお心を頂戴したらどうなりますの？　いくら公にしないとはいえ、婚約破棄だなんて外聞が悪いのではなくて？　噂は広まるものですもの」

きっと殿下を射止めるのは無理だろうという内面が見透かされているようで、父はドキリとした。

だが、こんなにも魅力的なラティーシャのことだ。いくら完璧と噂されるレセリカ嬢という婚約者がいても、可愛いラティーシャを側妃に、となる可能性は高いかもしれない。

「では、貴女が直接お相手にそうお話しすれば良いのよ、ラティーシャ」

「お母様！」

圧され負けそうなのを見兼ねたのか、伯爵夫人が話に割って入ってきた。娘に似た顔立ちと柔らかな金髪。髪色がストロベリーブロンドなら、大人になったラティーシャだ。

だが、漂う気品はその比ではない。柔らかな仕草で夫の腕に手を置いて微笑むと、夫人はラティーシャに言い聞かせるように声をかけた。

「貴女の絵姿を見て、かの方は一目惚れしたのだそうよ？　その気持ちはよく理解出来るわね？」

「そ、それは……はい」

ラティーシャも、殿下に一目惚れしたのは絵姿を見たからだ。婚約者というその相手も自分と同じように思ったというのなら、ラティーシャはその気持ちを否定は出来ない。むしろ悪い気がしないくらいであった。

娘の気持ちを無視せずに一度受け止め、説得をしようとするのはさすが母親と言えよう。

「一度会ってごらんなさいな。その時に、正直な気持ちを打ち明けてみるのよ。お相手がそれでも貴女を思うのなら、きっと諦めることはしなくてよ。ラティーシャ、追われる女性におなりなさいな」

「追われる女性……」

「そうよ。在学中に自分が殿下を射止めることが出来なかったら婚約の話を受けると言えばいいの。それを相手が了承したのなら、誠実に向き合っていると言えるわよ」

だが、その案には主人も驚きを隠せない。要は、婚約者をキープ扱いしているということなのだから。

だが、この家の主人でありながら立場の最も弱い伯爵は口を挟めないでいる。母娘の明るく笑う様子を見て、胃の痛む思いだ。

「つ、つまり、期限は学園に通っている間。それまでにラティーシャが望む結果を得られなかった場合、お前はその相手と結婚することになる」

とはいえ、いつまでも黙っているわけにはいかない。伯爵は勇気を出して条件を出した。それに対してラティーシャは冷たい眼差しを父に向けながら了承の意を示す。

「わかりましたわ。必ず殿下のお相手になってみせます。ですから、婚約の話は内密にしてくださいませね？　約束ですわよ！　それと一応、聞いておきますわ。相手のお名前は？」

相手が自分を好いているのだから仕方なく、という上から目線が隠せていない。しかし、伯爵はとりあえず娘の説得がうまくいきそうなので考えないことにした。

「アディントン伯爵家の長男だ。リファレット・アディントン。すでに学園に通っている、お前の二歳年上だよ」

「……覚えておきますわ。そろそろ失礼しても？」

「ああ、構わないよ。混乱させてすまなかったね、愛しいラティーシャ」

ツンとした態度で立ち去る愛娘を見送りながら、伯爵は静かにため息を吐いた。望まぬ婚約をさせて申し訳ない気持ちが半分、貴族としての立ち位置もわかってもらいたい気持ちが半分といったところだろうか。それでも天秤は常に娘に傾いているのだが。

「なんとか納得したみたいですわね」

「ああ、なんとかな……。だが、あんなことを約束しても良かったのか？」

娘の姿が見えなくなると、伯爵は心配そうに訊ねた。しかし夫人は余裕の表情だ。

「ふふ、問題ありませんわ。実は私、リファレットに会って直接話を聞いてきましたの。ラティーシャの言うことは大体想像がつきましたから、今言った条件はすでに相手の耳に入っていますのよ。

もちろん、アディントン伯爵の耳にも」

伯爵は素直に驚いた。まさか話がそこまで進んでいるとは思ってもみなかったのだ。

夫人の勝手な行動はいつものことで、先に伝えてもらえなかったことに不満はある。だがそれに助けられていることも多く、文句は言えない様子である。

「随分とラティーシャに惚れ込んでいるみたいでね？　あっさりと了承してくださいましたわ。私たちの娘ですもの。当然と言えば当然ですけれど」

そして今回も、こちらにとってなんの損もない話をまとめてきたようだ。その手腕と行動力のある妻に、伯爵は不満を忘れて惚れ直していた。うっとりと夫人を見つめている。非常に簡単な男である。

「許してやってくださいな、あなた。貴族令嬢というのは我慢も多いのよ。あの子はとても賢いけれど、まだ八歳だもの。キラキラとした王子様に夢を見るなんて可愛いものではないですか」

「だ、だがそうはいっても、いつまでもというわけにはいかない。現実を知ってショックを受けたらと思うと……」

「心配性ですわね？」

夫人はそっと伯爵の肩に頭を乗せ、しなだれかかる。それだけで顔を赤くし、伯爵は黙ってしまった。ちょろいものである。

「学生の間くらい、好きにさせてあげましょう？　もちろん、節度は守ってもらいますけれど。大丈夫。ちゃんとリファレットと結婚することになりますわよ。……必ず、ね」

夫人は、伯爵の胸元に人差し指を這わせながら蠱惑《こわく》的に微笑む。

「そ、そうだといいのだが……」

「もしも殿下のお心を射止めたのなら、それはそれで素晴らしいことですわ。つまり、どう転んでも行き遅れになることはありません。リファレットの頑張りでいつしか彼との恋が始まる可能性だってありますもの」

確かに、夫人のおかげで娘の将来については安心だ。しかし、父としては複雑な気持ちである。

伯爵はため息を吐きたくなったが、至近距離で上目遣いを向けてくる妻の美しさに思考の全てを放棄するのだった。

◆　◇　◆

お茶会の日から二日が経過した。レセリカは旅の疲れを癒すため、屋敷で穏やかに過ごしている。いつも通りの勉強や課題はこなしつつも、量は減らして休む時間を多くとっているのだ。それも全て父からの指示であった。

（最近気付いたけれど、お父様は過保護でいらっしゃるわ）

言葉も少なく態度に出ないだけで、結局のところ自分や弟のことを心配しているのだということに、レセリカは気付くようになっていた。

ラティーシャのお茶会から屋敷に戻った日は、いつにもましてレセリカの側にいたし、茶会はどうだったと何度も同じ質問をしてきたほどだ。さすがに気付くというものである。

(彼はいるかしら……?)

さて、忘れてはならないのは風の少年からの報告を聞くことである。

お茶会のあった日に別荘で一度、簡単に話は聞いた気がするのだが、あの時のレセリカは疲労により気付けば寝てしまっていた。要は、あまり覚えていない。記憶が確かなら、屋敷に戻ってから詳しく話すと言っていたと思うのだが。

とにもかくにも、レセリカは一度少年を呼んでみることにした。いつも気付けば出てきてくれていたので、呼び出すのは初めてだ。本当に呼んだだけで来てくれるのだろうか。

部屋は人払いを済ませたし、お茶の用意はしてある。あとは呼ぶだけだ。レセリカは小さく深呼吸をしてから不安げに声を出した。

「風、さん……?」

次の瞬間、窓を締め切っていた室内に風が吹いた。

小さな竜巻のような風が吹き上がって驚いていると、瞬きの間にあの少年が姿を現す。まるで、風の中から出てきたみたいに。

「……こんにちは」

レセリカはこれ以上ないほど驚いていたのだが、第一声はとても冷静な挨拶であった。その反応に拍子抜けしたのは少年の方である。

「はぁ……驚かねーのな？」

自分の現れ方が普通ではないと自覚しているのだろう、風の少年はガックリと脱力したかと思うとすぐに顔を上げて、やはり面白いお嬢サンだ、と言って笑い出した。

「驚いているわ。とても」

「いや、そう見えねーんだよなぁ。まぁいいけどさ」

レセリカは本当のことを言っているのだが、本気とは取られなかったようだ。まるで魔法みたいだと内心ではドキドキしているのに、それが表情にも態度にも出ないからだろう。本当は色々と聞いてみたくなっていたが、今はそれよりも報告である。

なんだかんだいって出会ってからそれなりに長い間、自分の近くで待機してくれていたのだから、これ以上彼を拘束するのは申し訳ないと感じているのだ。

「報告を聞くために呼んだ、でいいんだよな？」

「ええ。お願いするわ」

その意図を汲んで、少年もすぐに話を切り出した。これが終わればお別れなのだと思うとなんとも寂しい気持ちに襲われるのだが、一度その気持ちは追いやって、レセリカは話を聞く。

少年は、お茶会の時に予定通りフロックハート家の屋敷に忍び込んだようだ。情報収集の仕方は当然ながら教えてもらえなかったが、言われた通りアディントン家との繋がりがないかだけを重点的に調べたのだという。

　結果は、以前簡単に報告した通り。貴族同士の繋がり以外はなかったとのこと。それも、過去に一度か二度ほど話す機会があった程度の薄い繋がりのようだ。どちらも伯爵家であるため、互いに顔は見知っているだろうが親しい付き合いもないという。

　報告を聞いて、やはりラティーシャとアディントン伯爵令息は学園で知り合ったのだろうと結論付けた。

　やはり、全てが回り始めるのは学園が始まってから。今度は同じ学園に通い、少しの変化も見逃さないように気を付けようと改めて決意する。

　まず、学園に通えるように父親に許可を貰わねばならないのだが。

「ってなわけで。正直、報告もこの程度しかない。あんまり収穫がなかったから、アディントン家に行ってもうちょい調べろって言われればやってもいいけど……」

「そ、そこまではやらなくていいわ！」

　少年的には、あまり役に立てたと思えなかったらしい。自らもっと詳しく調べて来ようかと提案してきた。

　しかし、レセリカはその提案を慌てて断る。アディントンは少年に最も近付かせたくない家なのだから。

「あまり繋がりがなかったっていうのも貴重な情報だもの。本当にありがとう」

少年は優秀な血を引く風の一族なのだ。先ほどの現れ方といい、お茶会へ馬車にも乗らずついてきていたことといい、普通の人では絶対に無理であろうことをこなしている。彼が特別な存在なのはわかっていた。

とはいえ、おそらくまだ成人前の子ども。危険なことに足を踏み入れてはほしくない。

情報が欲しいかと言われれば、欲しいに決まっている。けれど、何が大事かを考えれば答えは一つだ。

優秀だからといって大人ではないし、なんでも出来るわけではないのだということを、レセリカは嫌というほど理解している。期待されるのは、度が過ぎれば重荷でしかないのも。

それはレセリカの価値観であって、少年にとっては消化不良でしかないのだが、頼まれもしないのに勝手に動くことなど少年だってする気はない。あまり納得は出来ないが、これ以上の口出しをするのもやめたようである。

「ただ……これでもう会えなくなるのは寂しいわ」

「へ……」

ふと目を伏せて、レセリカは本音を小さな声で漏らす。あまり言うつもりはなかったのだが、ここで言わないと後悔すると思ったのだ。

彼の身の安全が心配なのはもちろんだが、この縁がここで終わるのも嫌だった。レセリカはハッキリと気持ちを伝える。

「貴方と話すのは、楽しいわ。あの……それって、友達って言うのでしょう？」

「……」

聞いてはみたものの、レセリカには自信がない。なにせ、友達という存在がいたことがないのだ。

だからこそ、黙ってしまった少年の様子に不安になり、違うのかしら、と悲しそうな呟きを落とす。

「え、いや、その。オレは、友達とか、知らねーし……」

レセリカが珍しくも落ち込んだように見えたからか、少年が慌てて口を開く。どうやら、彼もまた友達というものを知らないようだ。

「そうなの？」

「そーなの！」

二人の間に沈黙が流れる。なんとも気まずい沈黙だ。

先にそれを破ったのはレセリカだった。

「私、いつでもお茶とお菓子を用意するわ。貴方は甘いものが好きでしょう？　時々でいいの。お話に付き合ってくれないかしら」

月に一度でも、それより少なくてもいいし多くても構わない、とレセリカは続ける。お茶とお菓子の用意については友達の作り方がわからない彼女の、精一杯の思い付きであった。

「父のことも弟のことも大好きだし、信用の出来る侍女もいるわ。でも、気兼ねなく話してくれるのは貴方が初めてだったの。ダメ、かしら……？」

懇願するように目だけで少年を見上げるレセリカ。その美少女ぶりと冷静すぎる普段とのギャップにうっと言葉を詰まらせる少年。

顔を上に向け、下に向けて。しばらく唸った後、ついに観念したように顔を上げた。

「わーったよ！　お菓子一つにつき、一つだけ話を聞いてやる！」

「本当!?」

笑いこそしないものの、明らかに嬉しそうに目を見開いたレセリカに、少年は再び言葉を詰まらせた。それを誤魔化すように用意されていたお菓子を口に放り込む。サクサクとクッキーを咀嚼《そしゃく》する
いい音と、甘いバニラの香りが漂った。

「あ、食べたのね？　じゃあ早速なのだけれど。今度、殿下とお出かけすることになったの。私、どんな話をすればいいのかしら？」

「最初の話がそれかよっ!?　ってか、知るかよっ!!」

少年はすでに承諾するんじゃなかった、と愚痴を溢したくなったが時すでに遅し。

「本当に困っているのよ。世間話って、どんなことを話せばいいのかしら」

「絶対に聞く相手を間違ってんだけど」

とはいえ、少年は確かにお菓子を一つ食べてしまった。加えてここまで切実な目を向けられては無視出来ない。少年は腕を組んで暫し考え込んだ後、自信なげに言葉を発した。

「……相手と親しくなりたいんなら、とりあえず褒めておけばいいんじゃねーの」

「褒める……」

真剣な眼差しで考え込み、何度も頷くレセリカを見て、少年は冷や汗を流す。それが正しいのか、少年にもよくわからないからだ。だが、褒められて嫌なヤツはいないだろう、と開き直ったように笑う。

「そ！　とにかく褒めるんだ。きっと仲良くなれるぜ！」

「わかったわ。ありがとう。やってみる」

こうしてレセリカに、初めての友達が出来たのである。

ベッドフォード家の前に豪華な馬車が一台停車していた。

乗っていたのは華美すぎないシンプルな、それでいて仕立ての良い服に身を包んだこの聖エデルバラージ王国の王太子、セオフィラスだ。

穏やかに微笑みながら立つその姿は、まだ九歳だというのにしっかりと王家の血筋を感じさせる風格を漂わせている。

「お待たせして申し訳ありません。セオフィラス様」

「待ってなどいないよ、レセリカ。うん、そのドレスも素敵だね」

「お褒めにあずかり光栄です」

そして、ベッドフォード家から出てきたのは当然レセリカだ。侍女のダリアは、今日は護衛とし
て付いて行くためパンツスタイルで後ろに控えている。
そう、今日はセオフィラスと出かける日。王城近くの植物園へ向かうのだ。
そのため、レセリカもいつもより動きやすくてシンプルなデザインのワンピースドレスを着てい
る。ホワイトブロンドの髪は簡単にハーフアップにまとめており、葉っぱモチーフのバレッタで飾
られているのみ。植物園に合わせてダリアが選んだものであった。
「では、レセリカ嬢をお預かりしますね。ベッドフォード公爵」
「……はい。どうぞお気を付けて」
レセリカの手をそっと取ってエスコートしながら、オージアスに声をかけるセオフィラスは余裕
のある笑みを浮かべている。ギュッと眉間にシワを寄せたオージアスの強面にも一切怯むことがな
いのはさすがであった。
さらに言えば、オージアスの後ろで射貫かんばかりに睨みつけてくるレセリカの弟、ロミオの視
線にも気付いていながらどこ吹く風である。それどころか、少々楽しそうにも見えた。
「……行ってまいります」
それぞれの反応に最も困惑していたのはレセリカである。ただ、父と弟がなぜあんなにも不機嫌
なのかは理解が出来ないでいた。
（植物園に、行きたかったのかしら……？）

帰ったら、必ずお土産話をしようと心に決め、レセリカはセオフィラスの手を取って馬車に乗り込む。二人が乗ったところで扉が閉められ、馬車はゆっくりと動き始めた。

「あの、父と弟が不躾な態度で……申し訳ありません」

この車内にはセオフィラスとレセリカの二人きり。護衛はその周囲に馬でついてきているためだ。もちろんダリアもその一人。

チラッと窓の外を見た後、セオフィラスと向き合ったレセリカは申し訳なさそうに頭を下げた。

「気にしなくていいよ。面白かったから」

不快にさせていたらどうしよう、というレセリカの心配をよそに、セオフィラスは楽しそうにクスクス笑う。それが意外で目を丸くしていると、苦笑しながらセオフィラスが告げた。

「レセリカが大事で仕方ないんだよ。大切にされているんだなってわかって、私は嬉しく思ったから」

「あの態度で、おわかりになったんですか？」

父であるオージアスはお世辞にも人当たりがいいとはいい難い。自分と同じで表情が外に出にくいというのに、不機嫌な様子は隠す気があまりないのだから厄介なのである。弟のロミオは逆に感情表現が豊かなために、元々わかりやすいのだが。

それをセオフィラスが気付いていたことに驚いた。

「もちろん。ベッドフォード公爵はわかりやすいと思うよ。私は人を観察する癖がついているからね」

セオフィラスの返答にはさらに驚かされる。そこまで接する機会もなかっただろうに、理解出来るなんて、と。自分など、人生をやり直してようやく気付けたというのに。

改めて、セオフィラスは只者ではないなとレセリカは感じた。

「嫉妬でしょう？　大切な娘を別の男に任せるのが嫌なんだよ。弟も同じだろう」

「そ、そういうものなのでしょうか」

嫉妬、という答えにはやや首を傾げるレセリカ。ただ心配しているだけだと思っていたのと、自分には経験のないその気持ちに関してはあまり理解出来ないのかもしれない。

わからなければわからないままでいいと思うよ、と笑うセオフィラスにはさらに首を傾げることになってしまった。

「そんな公爵と弟には悪いが、私はレセリカを独占出来るのが嬉しいと思っているよ。束の間だけれどね」

「えっ、それはどういう……」

きょとん、として真っ直ぐセオフィラスを見たレセリカの視線を受けて、セオフィラスは優しく目を細める。無表情な父の感情も読めなかったが、いつも穏やかに微笑んでいるのも読めないものだな、とレセリカはぼんやりと考えた。

セオフィラスは窓枠に肘をかけ、頬杖をつきながらレセリカに優しく告げる。

「ねぇ、レセリカ。もう少し、楽に話してもらえないかな？」

「楽に、ですか？」

それは予想外の提案だった。そしてそこで初めて気付く。最初はとても丁寧な話し口調だったはずなのに、今日は最初から砕けた口調であることに。

初対面の新緑の宴ですでにその口調になっていたのだが、レセリカは今初めて気付いたのであった。今更な話である。

「せめて、二人でいる時くらいは。私は、信頼の出来る者とは自然体で接したいと思っているんだ」

「私を、信頼してくださるんですか……？」

「信頼したいと思っているよ。だって約束しただろう？　互いに歩み寄ると」

なぜか、レセリカは顔に熱が集まるのを感じた。嬉しいのかもしれない。過去の事件から人をなかなか信じられない彼が、自分を信頼しようとしてくれているということが光栄で、とても喜ばしいのだ。

ただ、わずかに疑問も残る。セオフィラスの人間不信は根深いものだと思うからだ。

それなのに、まだ会うのも二回目の自分を信じようと思ってくれるのはなぜなのか。こうまで簡単に信じようと思えるものだろうか、と。そこまで思わせるような言動をした覚えがレセリカにはない。だからこそ、疑問は拭えなかった。

しかし。嬉しく思う感情は本物なのだから、まずはそれを伝えるべきだろう。レセリカは俯きながら口を開く。

「は、はい。その、嬉しい、です」

「あはは、硬いな。うん、でもいいや。少しずつね。そんなレセリカも可愛いし」

「かっ……!? 殿下っ、あまりからかわないでください」

さらりと褒め言葉を投げてくるセオフィラスに、レセリカの顔はますます赤くなっていく。慌てて顔を上げてそう伝えると、目の前には真剣な表情のセオフィラスの顔があって息を呑んだ。

「本心だ」

「っ！」

空色の美しい瞳からは真摯さが感じられる。レセリカは言葉を失い、暫しその瞳に視線が釘付けになった。

「嘘は吐かないよ。だからレセリカも嘘は吐かないで。隠しごともなし、とまでは言わないよ。お互いに言いたくないことや言えないことくらいあるだろうから。でも、嘘だけは言わないで。これだけは約束してほしい」

君ならその約束を守ってくれる気がしたんだ、と微笑んだセオフィラスの表情は、いつも浮かべる笑みとは違ってとても優しく、温かい。

「……はい。嘘は吐きません。誓います」

だからレセリカも、真っ直ぐ瞳を見返しながら真剣にそう返事をした。

植物園の中は温室になっており、ポカポカと暖かい。天気も良く、陽も射し込むため歩いていれば少々暑く感じるかもしれない。

花の咲かない植物のゾーンをセオフィラスにエスコートされながらレセリカは歩く。そんな二人の後ろからつかず離れずの距離を保って護衛たちが見守っていた。

普通に話していれば会話も聞き取れるような距離だが、それは逆に耳元でひっそりと囁かれた声であれば聞かれないともいえる。

「疲れたら言ってね」

「は、はい」

別に聞かれても問題のない内容だというのに、セオフィラスはいちいち耳元で囁いてくる。レセリカはずっと頬を赤く染めっぱなしであった。

そんな彼女を見て心底嬉しそうにクスクス笑うセオフィラス。レセリカは完全に振り回されていた。

「ここに来たことはある？」

「はい。弟と何度か」

「仲が良いんだね。私も妹を連れて来ようかな」

時折、何とも言えない沈黙を挟みながら二人の会話は続く。たまに立ち止まって植物について話をしたり、再び歩き始めてまた少し話したり。

その全てがセオフィラスからの質問であり、レセリカはそれに答えていくだけ。立ち止まるのも歩き始めるのも全てセオフィラスに任せきりであった。

「……レセリカ、私と話すのはつまらない？」

「えっ、そのようなことはありませんが……」

少し開けた円状の広場に出た時、セオフィラスが控えめにレセリカを見た。質問に驚いたレセリカはパッと顔を彼の方に向ける。

（あ……セオフィラス様、不安そう……？）

この時初めて、レセリカはセオフィラスの顔を見た気がした。ずっと俯いて足下ばかり見ていた気がする。時々顔を上げても、植物ばかりを見ていた。

「ずっと私が質問をしているから。こちらを見ないし……つまらなくはないけれど、面白くもない、かな？」

苦笑を浮かべながらそう言ったセオフィラスに、レセリカは罪悪感でいっぱいになる。慌ててセオフィラスに身体ごと向き直り、ハッキリと答えた。

「いいえ！　いいえ、セオフィラス様。それは違います」

しかし、その後の言葉が続かない。言おうとすると怖くなって言葉が止まってしまうのだ。これを言ったら嫌われるかもしれない、と。前の人生の時のように、自分から人が離れてしまうのではないかと怖くなってしまうのだ。

けれど、セオフィラスはただ黙ってレセリカの言葉を待ってくれている。穏やかにレセリカを見つめながら、催促するでもなくひたすらに。

レセリカは勇気を振り絞って、震える声で告げた。

「わ、私が、面白くない女、だから……」

消え入りそうな声だったが、セオフィラスはしっかりと聞き取った。そして言葉の意味を理解すると、スッと表情を消す。

「誰かがそう言ったの？」

「……い、いいえ。言っていません」

「間があったよ？」

「ほ、本当です。嘘は言わないと、約束しましたから……」

事実、今生で言われたことはない。言われたのは前の人生でのことなのだから、嘘ではなかった。

それでも訝《いぶか》し気にレセリカを見ていたセオフィラスだったが、渋々といったように納得すると暫く何かを考えた後に話を切り出した。

「たとえば私が、レセリカにとってつまらない話ばかりしていたとしよう。もしくは、何も話さず過ごしていたとして。とにかく、レセリカにとって退屈な時間だったとする」

「そんなこと……」

「たとえばだってば。もう、真面目だな」

すぐに慌てたように顔を上げるレセリカに、セオフィラスはクスッと笑う。馬鹿にしたようなものではなく、親しい者に向けるような温かな笑い方だ。

「退屈な時間を、私と過ごすのは嫌かな？」

いつものような微笑みだけれど、いつもとは少し違う気もする。そんな彼をジッと見つめている内に、レセリカはふと理解した。

（セオフィラス様も、不安だったのね。私が気にしていたように。自分と一緒にいるのはつまらないかもしれないって）

表に出さないだけで不安だったのだ。自分と同じだったと知って、レセリカは肩の力を抜く。

セオフィラスは自分だって不安なのに、それでもこうして勇気を出して聞いてくれている。

「嫌ではありません。むしろ……」

それなら自分も本心を言わなければ。それはわかっている。先ほどもそう考えて、思い切って言ったではないか。

だが、自分の好みを告げたところで気を遣わせてしまうのではないかという遠慮があった。常に相手に合わせた言動をしていたレセリカにとって、それは失礼にあたるのではないかという考えがなかなか拭えないのだ。

「いいんだよ。聞かせて？　レセリカのことが知りたいんだ」

家族にはようやく言えるようになってきた。それなら次は友達や婚約者に。風の少年相手にはここまで緊張しなかったのだが。セオフィラスはなぜかそうもいかない。婚約者という関係が余計に緊張感を増すのかもしれなかった。

(変わらないと。自分が断罪されるのもそうだけれど……私はこの人のことを、守りたい)

脳裏に過るのは処刑の光景。でも、それよりも前に目の前で優しく微笑む王太子は何者かに暗殺されてしまうのだ。

自分が側にいることで何かが変わるのなら、変えたい。嫌われる可能性もあるが、親しくなるためにはやはり正直に話すのが一番だと思うのだから。

「……私は、静かな時間が好きです。だから、その。会話のない時間を過ごしても苦ではない方と共に過ごす時間は、好きなのです」

下手をすると、ずっと話しかけられるのは嫌だとも受け取れてしまう。もちろん、そんなことはない。セオフィラスと話すのは楽しいと感じていたのだから。ただ、静かに過ごすのが好きだというだけの話である。

「それは、私との時間も好きって言ってくれている?」

「もちろん、です」

ぎこちなくなりながらも、しっかり目を見て返事をする。そこでようやくセオフィラスがほぅっと安心したように息を吐いた。

「聞けて良かった。実は私も、ずっと話し続けるのは苦手なんだ。何も話さず、ゆったりと歩くだけの時間が私も好きなんだよ。レセリカも同じで良かった」

それは九歳の少年の笑顔だった。セオフィラスは、王太子ではあるがただの少年でもあるのだ。

レセリカは胸がほのかに温かくなるのを感じた。

「今日、また一つ君のことが知れて嬉しい」

前の人生では知ることのなかったセオフィラスの穏やかさ、優しさに触れて、レセリカは考えを改める。

形式上の関係だと思っていた。ただ、役目を果たせればそれでいいと。

（私の婚約者様は、こんなにも素敵な方だったのね……。私も、歩み寄る努力をしないといけないわ。殿下に気を遣わせてばかりだもの）

ちゃんと愛情を育めるのだ。互いがちゃんと歩み寄れば。決められた縁ではあるが、この縁をどう捉えるかが大事だった。

「私は、その。セオフィラス様となら、お話をするのも、黙って歩いているだけの時間も、全て楽しい、です」

「レセリカ……」

レセリカの言葉を聞いて、心底嬉しそうに微笑むセオフィラス。しかし、レセリカは内心でまだ焦っていた。

（今日の私は確かに自分から何も話していないわ。何か話題は……）

そこまで考えて、ふと風の少年にもらったアドバイスを思い出す。緊張でそれさえも忘れていた自分が恥ずかしいとレセリカは反省した。

（確か、褒めるのよね……？）

意を決したレセリカは、勇気を振り絞った。

「あ、あの」

「ん？　何？　レセリカ」

セオフィラスの優しい空色の瞳を正面から見ると、恥ずかしさでどうにかなってしまいそうだったが、覚悟を決めたレセリカはもう止まらない。

「殿下……セオフィラス様はいつも素敵ですが、その。今日の装いもとてもお似合いです。それに、うまく話せない私に対して根気強く接してくださって……本当にお優しい方なのだと改めて思いました」

「えっ」

急に始まったレセリカの褒め言葉の連続に、セオフィラスは戸惑い、頬を赤く染めた。しかし、それに気付かないレセリカの言葉はなおも続く。

「元々、とても素敵な方だというお話は聞いていました。それを疑ったことはありませんが、実際にお会いして驚いたのです。噂以上に素敵だと……普通、噂とは誇張されるものでしょう？　それなのに、セ、セオフィラス様はその噂が霞んでしまうほど……」

「ま、待って。待ってレセリカ」

ついに耐え切れなくなったらしいセオフィラスが声を上げた。褒めることに一生懸命だったレセリカは、この時になって初めてセオフィラスの様子がおかしいことに気付く。

（わ、私、何か失敗してしまったかしら……？）

不安に襲われたレセリカが恐る恐るセオフィラスに目を向けると、そこにあったのは耳まで真っ赤になったセオフィラスが片手で口を覆っている姿だった。

「と、とても嬉しいけれど、恥ずかしくてどうにかなってしまいそうだ」

「ごっ、ごめんなさいっ！」

「いや、謝る必要は……ああ、情けないな、私は」

二人の間に、なんとも言えない甘酸っぱい雰囲気が漂う。まだ二度しか会っていないが、少なくともレセリカは王太子としてではなく、セオフィラスという一人の少年のことを好ましいと感じているのだ。それが愛情へと育つにはまだ子どもすぎるし、時間が必要ではあるのだが。

確実に種は芽吹き、成長をしていくはずだ。

◆　◇　◆

レセリカとのデートは二時間ほどで終わり、名残惜しくも城に戻ったセオフィラス。

自室に戻る道すがら、先ほどまでのことを思い返していた。


「殿……、セオフィラス様はもうじき学園に通われるのですよね」

「うん、そうだよ」

まだセオフィラスの名前を呼ぶことに慣れておらず、たまに呼び間違えては恥ずかしそうにするレセリカ。

(可愛い)

言われてみればあと二カ月ほどで学園に入学してしまう。そうなればこのようにレセリカともなかなか会えなくなるだろう。それが無性に寂しいとセオフィラスは思う。

「レセリカに会えなくなるのは寂しいな」

「えっ」

そして思ったことをそのまま口にすると、レセリカは目を丸くする。それからじわじわと頬を赤く染めていった。

(可愛い)

レセリカの表情は変わりにくい。だが、よく観察してみると意外とわかりやすいということにセオフィラスは気付いた。

目が泳いだり、頬を染めたり。そのわずかな変化が彼女の感情を如実に表しており、必死で隠そうとしているところが奥ゆかしくさえ感じる。

「で、でも。セオフィラス様は、その、お友達が一緒なのでしょう？　寂しくなど……」

「友達？　うん、まぁいるけれど。それとレセリカに会えないこととは別だよ」

セオフィラスの返事を聞いて、レセリカは何かを言いたそうに口を開きかけて……止めた。それがなんだか嫌で、セオフィラスは少々ムッとする。

「何かな？　言いたいことがあるのなら言って？　気になるよ」

「あ、えっと。その……」

問い質されたレセリカは迷うように目を泳がせながらも、変なことを聞くかもしれませんが、と前置きをして話し始めた。

「お、お友達って、その、どうやって作れば良いのでしょう……？」

その質問が意外で、セオフィラスは呆気に取られてしまった。見つめた先のレセリカは恥ずかしそうだ。

（可愛い）

とはいえ、これは彼女にとっては大切な質問なのだろう。気を取り直したセオフィラスは再び口を開く。

「レセリカは友達が欲しいの？」

「……っ」

あまりにも直球すぎた問いかけに、レセリカはカァッと音が聞こえそうな勢いで顔を耳まで赤くしてしまった。そのまま言葉を発さずに小さく頷いている。

（っ、可愛い。可愛い……）

つられてセオフィラスまで顔を赤くしてしまった。こんな風に心を乱されることなど初めてのことだ。

何かアドバイスが出来ればいいのだが、自分にとっても新しく友達を作るということについては未知の領域だ。今いる二人は幼い頃から側にいて、一緒にいるのが当たり前になっているにすぎないのだから。

「ごめんね、レセリカ。私もその分野についてはあまりわからないんだ。私にはジェイルとフィンレイという者が側にいるけれど、友達というよりは幼馴染だからね」

「い、いえ、謝らないでください。おかしなことを聞いてしまって申し訳ありません」

焦ったようにさらに俯くレセリカを見て、セオフィラスはなんとかしてあげたいという気持ちが湧き上がる。しかし良案は浮かばない。

セオフィラスは無意識にレセリカの手を両手で取った。驚いたレセリカはパッと顔を上げる。揺れる紫色の瞳に自分の姿が映っていた。

「でも、私は君の側にいるよ。困ったことがあったらいつだって助ける。だから早く学園に来てね、レセリカ」

　真剣な眼差しでセオフィラスが伝えると、レセリカは消え入りそうな声で、しかしハッキリとはい、と答えた。

　あの時の返事を思い出し、セオフィラスは胸に温かいものが広がるのを感じた。

「なかなかうまくやれそうじゃないですか、殿下？」

　室内に入ろうと扉のノブを握ったところで見知った声に話しかけられる。声の主がわかっていたセオフィラスは振り返りもせずそのまま部屋に入って行った。声をかけてきた少年もまた一緒に入室してくる。

「来ていたのか」

「そりゃあ、僕たちは未来の護衛ですからね。殿下専属の」

「はぁ……その話し方はやめてくれ。私たちだけの時はしない約束だろう？」

　さらにもう一人の声の主にチラッと目をやり、セオフィラスは大きめのため息を吐いた。

　そう、この二人はセオフィラスの幼馴染であるジェイルとフィンレイだ。彼らは将来専属の護衛となるため、今日のように近場に出かける時は付いてくることが多かった。

「ししっ、んじゃ、そうするわ」

「僕もー」

セオフィラスの言葉を受け、これまで畏まっていた二人はわかりやすく脱力した。セオフィラスの自室だというのに、我が部屋のようにソファーで寛ぎだすほどに。

そんな姿を見てセオフィラスは再びため息を吐いたが、今度は口元に笑みを浮かべている。これはいつもの光景なのだ。

「けどさ、レセリカ嬢ってすっげぇ美人だけど本当に無表情なんだな。何考えてるかわかんないっつーか」

ジェイルが焦げ茶の髪を掻き上げながらソファーに座って足を組んでいる。長身で体格もいい彼は凛々しい顔立ちをしており、将来は女性にモテそうな雰囲気が漂っていた。

見た目通りのやや大雑把な性格で、剣の才能がずば抜けている将来有望な少年である。

「すごい令嬢になるだろうことはわかりますけどねー。ちょっと怖そうですよね、彼女」

フィンレイは細身で、淡い金髪をサラリと揺らす儚げな印象を与える少年である。しかし見た目の割にかなり筋肉質で、頭が切れる曲者《くせもの》だ。普段はおっとりとしているが、有事の際はその切れ長の目が鋭くなり、かなり攻撃的になるらしい。

「フロックハート家のラティーシャ嬢は可愛いって感じが前面に出てるよな。ああいうタイプは令嬢っぽくていいよなぁ」

「お前の好みなんかどうでもいいんですよ、ジェイル。っていうか、女の子はみんな可愛いって言うくせに」

「好みの話なんかしてねーじゃん。ただ、レセリカ嬢は美人系、ラティーシャ嬢は可愛い系ってだけの話だろ」

好き勝手に話し始めるジェイルにフィンレイ。いつもは気にせず流すところだが、話題がレセリカのことだったためセオフィラスは口を挟んだ。

「……わからないのか？」

不機嫌そうに吐き捨てるセオフィラスに、首を傾げるのは二人の方である。なにが？　と口々に言う彼らに少々苛立ったセオフィラスは、フイッと顔を背けながら言う。本音を隠そうともせず曝《さら》け出す態度も、この二人の前だからこそ。

「レセリカは、可愛いよ」

その言葉を聞いて一瞬その動きを停止させた二人は、ゆっくりと互いに顔を見合わせた。

「わからないなら、そのままでいてくれていいよ。私だけが知っていれば、それでいい」

自分の机に座り、本を取り出したセオフィラスはそのまま本に視線を落としながら話す。ここまで言われては、二人も察せるというものだ。

セオフィラスの人間嫌いはこの二人も承知の上。正直なところ心配していたのだ。完璧だと言われてはいるが、無表情で怖い印象のあるレセリカが婚約者であると聞いて、うまくやれるのかと。

今日のデートではいい雰囲気だったと思ったが、遠目では様子までわからない。だからこうして探りを入れたわけだが、思っていた以上の結果を聞けて二人のニヤニヤは止まらなくなっていた。

「……なんだよ、ニヤニヤして気持ち悪いな。用がないなら鍛錬でもしてきたら」

セオフィラスは二人がなぜニヤけているのかはわからなかったが、なんとなく気に食わなかったので半眼で二人を睨みつける。

言われた二人は揃って肩をすくめ、同時に立ち上がった。

「おーおー、そうさせてもらうわ」

「この部屋はなんだか暑いですしねー」

意外にもあっさりと退室していった二人の背を、セオフィラスは不思議そうに見送る。

「……？　適温だと思うけれど」

王太子セオフィラスもまた、少々鈍いところがあるようである。

六章　風の一族

その日、風の一族の少年は植物園に来ていた。

レセリカに頼まれたわけではない。ただなんとなく、足が向いてしまっただけなのだ。

（あんな風に相談されちゃ、な）

けれど、そっと覗き見ただけでわかる。あの二人は大丈夫だということが。このまま恋愛に発展するかどうかは置いておいて、互いに尊重はし合えるだろう。よく出来た二人である。

（互いに婚約者という立場を理解して、良好な関係を築こうとしている、ってか。お貴族サマってのは大変だな。まだ子どもの内から色々とさー）

そこまで考えて少年はふと我に返る。本当になぜ、自分はこんなところまで令嬢を追ってきてしまったのだろう。自分の行動が自分でもよくわからないのだ。少年は首を傾げた。

「友達とか……言われたからか？　オレ、そんな甘っちょろいヤツだったたっけ？」

少年は自嘲気味に笑った。見た目の年齢にはそぐわない、どこか大人びた笑みだ。

そろそろ戻るか、と引き返そうとした時だった。急に殺気を感じて少年は反射的に飛び退いた。

数瞬の後、先ほどまで少年が立っていた場所にナイフがスタンッと地面に突き刺さる。殺気に気付かなければ間違いなく少年に刺さっていただろう。

「貴方ですね。近頃レセリカ様の周囲をウロウロしていたのは」

「っ!?」

声の方に顔を向けると、ナイフを数本右手に構えたまま睨みつける黒髪の女と目が合う。少年はその女に見覚えがあった。

「お、前。ただの侍女でも護衛でもねーな？　公爵家にいていいのかよ、お前みたいなヤツがよ」

冷や汗を流しながら少年は口を開く。彼女は最近、少年が関わっている公爵令嬢にいつも付き従っている侍女。確か、ダリアと呼ばれていたはずである。

立ち居振る舞いからして腕が立つだろうことはなんとなく察していたが、まさかここまで近付かれて自分が気配を察知出来ないとは。

そもそも自分は風の一族で、そう簡単に居場所を見つけられるわけもないのだ。それなのに、間違いなく彼女は自分を見つけ、認識してナイフを投げた。

絶対に只者ではない。少年は内心でかなり焦っていた。

「お前のような者に語ることは何もありませんよ。ウィンジェイドの」

「チッ、やっぱりお前もソッチのヤツかよ」

ウィンジェイド。

それは、風の一族の名だ。彼女が迷うことなく自分をそう呼んだということは、このダリアもまた元素の一族で間違いない。少年はジッと彼女を観察した。

「ほとんど黒だが、わずかに赤いな。目も、髪も。お前、レッドグレーブだな」

レッドグレーブは火の一族の名である。

火の一族はみな赤系統の髪と目の色を持つ。ただ、ダリアはほぼ黒に近い。赤毛も黒髪もよくある色合いであるため、外見だけで判断するのは少々難しいのだが、彼女の能力的に間違いないと少年は判断した。

「違いますっ」

少年は確信を持って告げたのだが、ダリアはすぐに否定しながらナイフを連続で投げてくる。無感情で確実に急所を狙って投げてくる様子は、まるで心を持たない殺人人形のようで恐ろしい。

少年はそれを軽い身のこなしで避けながら文句を叫んだ。

「そんな人間離れした攻撃繰り出しといて違うわけねーだろーがよ！　聞いたことあんぞ！　レッドグレーブにじゃじゃ馬がいるって！　お前だろ！」

元素の一族同士だと、一般人よりもお互いの一族についての情報が耳に届きやすい。特に少年は情報を摑むことに長けた風の一族。レッドグレーブには火の一族の掟を守ろうとしない女がいる、という話は、当たり前のように知っていた。

「だとしても、今は違いますから。事実です」

「……一族から追放されたってのもホントだったか」

「さぁ、どうでしょうね」

ダリアが否定しなかったことに、少年は目を丸くした。そのじゃじゃ馬が一族を追放されたことは知っているが、そのまま一族の者に消されたのか、どこかで生きているのかは誰にもわからないままだったからだ。

そんな人物が今、目の前にいる。消息不明だった人を思いがけない場所で見付けたのだ。呆気に取られもする。

だが、あまりぼんやりともしていられない。ダリアが猛攻撃をしかけてきたからである。

「おわぁっ！　ま、待て！　ちょ、オレ、戦闘はそこまで得意じゃねーんだよっ！　主を逃がすのに特化してっから！　死ぬ！　マジで死ぬから!!」

少年の身のこなしもまた人間離れしているレベルではあるのだが、自分で言ったようにあまり戦うことには慣れていない。一般人よりはずっと戦えるが、戦うよりも素早く移動して敵を撒くことに重きを置いているからだ。だからこそ、常に急所を狙った攻撃をされているというのに全て躱《かわ》せている。

ダリアはいくら投げても無駄だと悟ったのか、舌打ちをしながら動きを止めた。

「ウィンジェイド。なぜレセリカ様に付きまとっているのかはわかりませんが、場合によってはここで始末します。……どんな手を使ってでも！」

「うぉっ!?　おいおい、話も聞かねーのか」

「今、聞いているでしょう」

「ならっ、攻撃をやめろっての!!」

話の途中だというのに、いや、途中だからこそ油断をついてダリアは攻撃してくる。少年はギャーギャー喚《わめ》きながら抗議をした。

(火の一族は戦闘と暗殺に特化してるってのはマジだな。怖ぇ女ぁ……!)

とにもかくにも、話を聞いてもらわなければならない。ひょいひょいと逃げながら、少年は事情を説明した。

「助けてもらったんだよ!　お宅のお嬢サンに!」

「……どういうことです」

「ちゃんと話す気はあんだからさー。とにかく攻撃してくんのやめて。心臓に悪い」

ダリアは今度こそ立ち止まり、さっさと話せと目で訴えてきた。ナイフが収められたとはいえ、先ほども話すと見せかけて攻撃してきたので、警戒を怠らずに少年はレセリカとの出会いから話し始めた。

「……そうでしたか。でも、友達とは?　ウィンジェイドの者を友達に……?　あり得ませんね」

「オレが言い出したわけじゃねーし」

ダリアは腕を組み、難しい顔で考え込んでいる。自分の仕えているお嬢様が友達と呼ぶ相手なら、たとえどんな者だとしてもさすがに問答無用で始末するのはよくないと思ったようだ。

「風の一族はスパイの一族じゃないですか。そう簡単に信じられるとでも？」

「ハッ、暗殺一族に言われたかねーよ」

互いの憎まれ口が止まらない。

元来、元素の一族同士は決して仲がいいわけではない。それぞれが誇りを持っており、その思想が相容れないのだから仲良く出来るわけもないのだ。

その中でも、特に火と水の一族は極端な思想であることで有名だった。

『人が生み出せし影に潜む赫《あか》』

この文言とともに知られる火の一族は、表向きには腕の立つ護衛が揃っているとして有名だ。だがその気性は荒く、戦いの中に身を置くことを喜ぶ血の気の多い一族なのである。

簡単に言うと、喧嘩っ早いのだ。そして一部の者たちは知っている。彼らが笑いながら人を暗殺することを。

（けど、この女は追放されるじゃじゃ馬なだけあって、そいつらとは少し毛色が違うみてーだけど）

とはいえ、有無を言わさず攻撃してくる凶暴性は間違いなく火の一族だ。少年はうんざりしたようにため息を吐いた。

風の一族は、元素の一族の中でも異質な存在である。というのも、あまり詳しく語らないからこそ謎が多いのだ。知られているのは、彼らが最も数の少ない一族であるということ。それから単独行動が多いということ。

「自由奔放で、使命がなければ行動理由は風まかせ？　風にまかせて城に侵入したらレセリカ様に出会ってしまったってわけですか。……本当に存在したのですね」

もちろん、ダリアは本気で風の一族などいないと思って言ったわけではないだろう。少年を見てすぐに風の一族だと言い当てる程度には、元素の一族のことを良く知っているはずなのだから。

つまり、この言葉は嫌味だと風の少年は受け取った。

「まーね。あんまり人前には出ていかないようにしてるし。だってほら、オレらって目立つじゃん。髪の色とかさー。もっと普通が良かった」

少年は肩に流れている緑がかった金髪を指でつまみながら口を尖らせている。

確かに、その髪の色は他にはない。水の一族も珍しい色を持っているのだが、彼らの方がまだ目立たない。明るいエメラルドグリーンにも見える髪色は、少年にとって少々コンプレックスなのだ。

「ともかく！　知らねーなら教えてやるよ。オレたちはな、主と決めたら絶対に裏切らないんだよ。金でホイホイ釣られるような水の一族や、仕える対象が人じゃない地の一族とは違うんだ」

「ああ、それは聞いたことがありますね。でもそれは主がいれば、でしょう。どうせ今はいないのでしょ？　そうでなければこんなところで暇を持て余しているわけがありませんから！」

「人を暇人みたいに言うなよ……確かに主はいないけどよ」

ズバズバと直球で言葉の刃を振るうダリアに、少年の口元は引きつっている。あまりにも歯に衣着せない言葉のオンパレードで、メンタルの弱い者なら泣いて逃げ出しているところだと少年は思った。

「秘密主義の一族ですが、主命が絶対であるのは有名な話ですし、信用出来ます。恩を返さずにはいられないのも。ですが、もう恩返しは終わったのでしょ？　いくら頼まれたからって、誇り高き風の一族が貴族の娘を気にする理由はなんですか」

そんなダリアだったが、他の一族に対する敬意は持っているらしかった。そのことに少年は驚く。火の一族らしからぬ考えだと思うからだ。

ヤツらは自分たちこそ至高だと信じているような、上から目線の連中だ。他者に敬意など払わない。けれど、ダリアは違う。本当に、一族の掟が肌に合わなかったのだろう。少年はダリアの境遇に少し同情した。

「……なんでだろうな。なんか、危なっかしいなって思ったから、かな」

だからこそだろうか、少年もダリアに対して最低限の敬意は持っていようと決めた。聞かれたことには素直に答え、彼女の在り方を尊重しようと。

「私がいるのですから問題ありません！」

「いや、そうだけどよ」

とはいえ、必要以上に親しくなろうとは思えないのだが。

さて、少年は言われて初めてなぜ自分がレセリカにこだわるのかを考え始めた。ダリアの言うように、確かに自分が彼女を気にする理由はない。恩返しは済んだことだし、もうさよならでいいはずなのだ。友達だというのも、気が向いた時にフラッと遊びに行くだけでいい。こんな風にコソコソ様子を見る必要などない。

別荘で話したあの夜も必要のないことをした。レセリカが受け取ったお菓子を一つだけ食べるつもりが、全部食べて毒見をしてしまったのだから。頼まれてもいないのに。しかも甘すぎて好みの味でもなかったお菓子を全部。

そもそも、自分は貴族という存在があまり好きではない。高飛車で、人を見下す感じが他の元素の一族みたいで苦手だからだ。

(けど、お嬢サンはそんな感じがしないんだよな。見るからに貴族令嬢のオーラを放ってんのにしっかりしているように見えて、どこか抜けている。人の目に触れる場所ではいつだって凛とした姿勢を崩さず、完璧なご令嬢だ。けど、不意打ちにやや弱く、困ると小動物のように震えたり俯いたりする。その様子が本当に危うくて、放っておけないのだ。

そこまで考え付いたところで、風の少年は自分の中で結論が出たことに気付く。目を見開き、ハッとしたように顔を上げた。

「あ、そうか。オレ、あのお嬢サンを主にしたいんだ」

「は、はぁっ!?　み、認めませんよ、私は！」

気付いてみれば、なんてことはなかったのだ。放っておけないということは、守りたいと思っているのと同じ。

少年はたった今この瞬間、レセリカを生涯の主と決めて仕えることをあっさりと決めてしまった。

「ははっ！　風の一族は、主を自分で決める。他に従者がいようが関係ないね。お前の許しなんか必要ない」

「……そうですか」

「いや、待て。やめろ、殺そうとすんな。やっぱり物騒だな、元レッドグレーブ！」

ニヤッと笑いながら宣言してみせたのに、急に表情を消してナイフを出したダリアを見て大慌ての少年。締まらない。

「ふっ、冗談ですよ」

と言いつつ、手にはナイフを持ったままのダリアに、少年はわかりにくいんだよ、と横目で睨んだ。本気でやるつもりはないが、半分以上は本音であることがわかる。

「レセリカ様をお守りする立場になるのならいいですよ、もう。王太子妃になることで敵も増えるでしょうから、使えるコマがもう少し欲しいと思っていましたし」

「てめぇ……道具扱いすんなよな。あと、お前の下につく気はねーから」

レセリカに仕えることを決めたはいいが、もれなくこの危険な女がいつも近くにいると思うとなんとも言えなくなる。少年は内心で大きなため息を吐いた。

「ああ、あと。私のことをレセリカ様に言ったら……」

「は？　……別の一族とはいえ、人の秘密を軽々しく言うわけねーだろ。みくびんな」

ナイフをちらつかせて脅してきたダリアだったが、少年は怯まなかった。侮辱されたように感じたからだ。スッと真顔になった少年は、ダリアに殺気を飛ばす。

「それは失礼しました。……最後に一つ、聞かせてください」

さすがに悪いと思ったのだろう、ダリアもすぐに謝罪した。それから続けざまに相変わらず睨み続ける少年に問いかけてくる。

「あ？　名前は主にしか呼ばせねーからな」

不機嫌そうに答えた少年に、それはどうでもいいですと告げてダリアは武器をしまう。身体ごと彼に向き直り、ダリアは真剣な眼差しで少年を見つめた。

「貴方は今、何歳になるのですか」

風の一族は見た目通りの年齢ではない、というのは元素の一族の間でまことしやかに噂されていた。どういうわけか歳を取らないだとか、逆に老人に見えて実はすごく若いだとか。

そんなおかしな話、あるわけがないとはわかっている。ただの噂だと。だが、根も葉もない噂が流れることもないのだ。

ダリアとしてもあまり本気にはしておらず、実際のところどうなのかとほんの少し気になっただけのことなのだろう。そこまで期待せずに返答を待っているようだった。

それを受けて、少年は先ほどまでの不機嫌な雰囲気を消し去り、ニヤッと悪戯を思いついた子どものように笑う。

「ひ、み、つ」

「食えない男ですね……絶対にこき使ってやります！」

「お断りだ、バーカ!!」

愉快そうに笑いながら、少年は風のようにトントンと軽い足取りで植物園を後にする。背後でダリアが小さくため息を吐くのを背後で感じていたが、振り返ることはなかった。

なぜなら少年は余裕ぶっていたものの、内心で寿命が縮まったと冷や汗をかいていたのだから。

◆　◇　◆

「というわけだからさ、オレ、あんたを主に決めたから」

「……現れて最初にその言葉を使うのはおかしいと思うの」

小雨の降る薄暗い天気の朝。レセリカが朝食後の勉強を私室でしていると、どこからともなく現れた風の少年が挨拶もせずに奇妙なことを口にした。

当然、レセリカは話が見えないので首を傾げるしかない。驚いてはいるが相変わらずの無表情だ。

「ちゃんと説明してほしいわ」

「だからー、オレたち風の一族は主を決めたらその人のために仕える一族なわけ。主は自分で見付けて自分で決めるんだ。で、オレはお嬢サンに仕えることに決めたってこと！」

もはや決定事項のように語る少年に、レセリカは返す言葉を失っている。報告のように告げたが、その内容は本来レセリカにまず聞くことではないのか。そもそも、その話を自分が受け入れていいものかの判断がつかない。

考えた結果、レセリカはとりあえず理由を推測してみることにした。テーブルの上にある焼き菓子のお皿を両手で持ち、少年に差し出す。

「……お菓子が気に入ったから？」

「違う！　あ、お菓子はいつも美味しいけど……ってそうじゃない！」

考えられる一番の理由だったが、それが原因というわけではなさそうだ。ただ、お菓子は気に入ってくれているようで、文句を言いながらもパクパクと口に放り込んでいる。

「あんたさ、王太子の婚約者になったんだろ？　たぶん、敵が増えるじゃん。オレみたいな自由の利く護衛とか密偵がいたら不自由しないと思うぜ？」

「そうは言われても……」

一度断りかけて、ふと止める。前の人生で彼がどんな運命を辿っていたのか、その光景が脳裏に過ったのだ。

奴隷の紋を刻まれて、目に光はなく、やせ細った彼の姿。

このまま断ったら、いつかどこかで彼がアディントンの奴隷にされてしまうかもしれない。もしかしたら、ここで首を縦に振ることでその運命を変えられるのではないか。そんな微かな希望が見えた気がしたのだ。

「……わかったわ。でも、条件があるの」

「おう！　なんでも言ってくれ！」

レセリカは、まだ決定ではないからと前置きをした上で手を前に出し、少年を制する。それに合わせて少年が口をへの字にしてやや後ろに下がった。

「一つは、お父様と、出来ればロミオにも紹介させて。貴方は立場的には不審者のままだもの。黙ったまま仕えさせるわけにはいかないわ」

「あー。まぁ、そうだよな。いいぜ」

さすがに良く知らない存在を自由に屋敷に出入りさせるのはよくない。すでに何度も勝手に部屋に来ているのだが、主従関係になるというのなら今後も出入りするということ。ベッドフォード家当主に黙っていられないのは当然である。

少年もそこは納得したのだろう、あっさりと了承の返事をした。それを見届けてレセリカはもう一つ、と口にする。

しかし、どことなく言い淀む様子に少年は怪訝な顔を見せた。

「なんだよ。遠慮なく言えよ？」

「えっと。もう一つは……その。私との友達という関係は、継続してほしいわ」

「……仕えるんだぜ？　オレ。従者だぞ？」

予想外の条件に、パカッと口を開いて呆気に取られる少年。それに対し、レセリカは慌てたように付け加える。

「し、仕事とプライベートを切り替えればいいと思うの！　殿下だって、護衛は幼い頃から親しい友達だっておっしゃっていたわ。せめて人目のないところでは、友達として接してほしいの」

見れば、レセリカの頬は赤くなっている。それでも、それが真剣な申し出だということは目を見ればわかった。

「初めての友達なのよ……？　失いたくないわ」

それから、心からの願いだということも。

少年には、レセリカがなぜここまで友達を望むのかまではわからなかったが、誤解されやすいタイプだろうことはわかる。つまりそういうことなのだろう、と察しのいい少年は困ったように頭を掻いた。

「……あーっ！　わーったよ！　ま、オレだって気楽に話せるならその方が助かるし。あんたがそれでいいならそうするよ」

そうはいっても少年は、主人のことは敬う気持ちを持ちたいと思っているし、主人と従者という立場は崩さないつもりだった。

それでも、友達として接することが主人の望みというのならそれに従うのが従者というもの。そう割り切って少年は朗らかに笑う。

「本当!?」

「うっ、ほ、本当……」

ただ、このように不意打ちでキラキラした目で見られるのは心臓に悪かろう。なにせレセリカは美少女だ。主人に対して邪《よこしま》な気持ちを抱くことはないが、それはそれ、これはこれなのである。

少年はチラッとレセリカに目を向ける。あまり表情こそ変わらないものの、見るからに嬉しそうな主人の姿を確認し、フッと肩の力を抜く。

主人の幸せは、従者の幸せ。少年はそう口の中で呟いた。

「じゃ、早速行こうぜ!」

「え、行くって……どこへ?」

それからレセリカの手を取ってグイグイと部屋の扉の方へと向かう。戸惑ったのはレセリカだ。

「あんたの父親のとこ!」

「えっ」

思い立ったらすぐ行動するタイプらしい少年は、熟考を重ねてやっと動くレセリカとは正反対だ。それは彼の良いところではあるのだが、父親は忙しい人であるし、何より今は仕事で屋敷にはいない。まずは話があるという連絡をいれなければならないのだ。

「そ、その前にやることがあるわ！」

そういった意味で少年を止めたのだが、彼はきょとんとした顔で首を傾げている。それから何かに気付いたように手を一つ打ってレセリカの前に跪《ひざまず》いた。

「そうだよな。まずはあんたの前で誓わせてもらわないと」

「え？」

レセリカには何が何だかわからない。少年が何に気付いて何を納得して何を誓おうというのかが。

困惑しながらも、レセリカは少年の様子を黙って見守ることにした。

少年はスッと胸に右手を当て、頭を下げる。緑がかった金髪の、サイドに流した髪が肩に垂れて揺れた。

「瞳に映らざる孤高の颯々《さつさつ》。この身は唯《ただ》、我が主の風」

いつもの飄々とした雰囲気は消え、どこからかフワリと風が吹いた。見れば、目の前の少年の身体が淡い黄緑の光を纏《まと》っている。

現実ではありえない現象に驚くとともに、どこか神聖さを感じたレセリカは無意識に背筋を伸ばした。

「我が名はヒューイ。ヒューイ・ウィンジェイド。風の一族としてレセリカ・ベッドフォードを主とし、生涯仕えることを誓う」

風の少年、ヒューイがそう言い終わると、黄緑の光が次第に収まっていく。

「……魔法みたい」

「ははっ、そんなもんじゃねーよ。ただの現象だ」

そうは言っても、今のは間違いなく普通の人では起こせない現象だ。つまり魔法と言ってしまってもいいのではないかとレセリカは思う。

しかし、ヒューイが言ったのは本当のことだ。元素の一族が一つ、風の一族が主を決めた時にだけ行うあまり知られていない誓いの儀式。その時にのみ起こる不思議な現象、ただそれだけである。

「それから、これ。ずっと持ってて」

「……扇子？」

続けて、ヒューイはどこからともなく淡い黄緑色の扇子をレセリカに差し出した。派手ではないが品のある美しい扇子で、妙にレセリカの手に馴染む。

「それを開いて何か喋ればオレに伝わるし、それで風を起こせばすぐに目の前に来られる」

「すごい……やっぱり魔法だわ」

「あー、まぁ。それに関しては確かに近いもんはあるかもな」

レセリカは扇子を開いたり閉じたりしながら色んな角度で眺めていた。よく見ると風が吹いているかのような不思議な模様が描かれている。これが風の一族の紋章のようなものなのだろうか、とレセリカは考えた。

「ちなみに、それを使えるのは主と認めたレセリカだけ。万が一にも他のヤツが使おうとしてもなんの反応もない」

「便利なのね。失くさないように大事にするわ」

「おう。ま、失くしたり他のヤツの手に渡ったりしたらオレにはわかるから大丈夫」

ヒューイはそう言ってくれたが、それでも絶対に失くさないように気を付けようとレセリカはギュッと扇子を抱き締めた。その様子を見て、ヒューイはなんとも気恥ずかしそうに頭を掻いている。

それを誤魔化すように、ヒューイは努めて明るい声で話題を変えた。

「んじゃ、誓いも終わったことだし父親のとこ行こうぜ！」

「ちょ、ちょっと待って！　お父様にお時間をとってもらわないと！　急に行ってはダメよ！」

真っ直ぐ扉に向かうヒューイを慌てて止めるレセリカ。必死の説得もあってヒューイは大人しく言うことを聞いたが、貴族って面倒臭い、と愚痴を溢すのであった。

せっかく誓いの儀式までしてくれたのだ。こちらも誠実に応えるべきだとレセリカはすぐに行動を開始した。その日のうちにオージアスに使いをだし、大切な話があるので時間をとってほしいと伝えたのである。

そして、今日の夜に時間を空けてもらう算段をつけてもらった。まさかこんなにも早く機会をもらえるとは思っておらず、レセリカは驚きっぱなしである。

だが、驚いたのはオージアスの方である。使いを出してまで知らせたいこととはなんなのか、気になって仕事が手につかないほどであった。気持ちはわからなくもない。

もちろん、レセリカも緊張している。どう紹介すればよいのか、うまく説明が出来るのかがとにかく心配だった。結局、父親に許可を取る前にヒューイの主人となることを決めてしまったのだから。

（でも、あの状況で拒否なんて出来なかったもの……！）

あのように神聖な雰囲気を感じる誓いは初めてだった。今も思い出してはドキドキと胸が高鳴るほどだ。と同時に、仕えるにふさわしい主人でなければという思いが湧き上がり、少々プレッシャーも感じていた。

「あ、主サンはあんま気にしないでよ。オレが勝手に忠誠を誓っただけだし。万が一にも幻滅するようなことがあったとしても誓いを破ることは絶対にない」

そんな風にレセリカが考えると先読みしたのだろう、ヒューイは儀式の後、いつもの軽い調子でそう言っていた。それはそれで嫌なので、レセリカは幻滅されないように気を付けようと思っている。

「儀式は儀式だから神聖なんだよ。それ以外は普通だって！　だから責任とか感じる必要はねーの！　ほら、友達だって主サンが言ったんだろ？」

それでも不安に思っているのを察したのだろう。追加でフォローもしてくれた。付き合いはまだ短いというのに、主人の性質をよく理解している。ヒューイはなかなかに優秀な従者であった。

「失礼いたします、お父様。レセリカです」

指定された時間になり、レセリカはロミオと共に父親の執務室前へと足を運んでいた。ノックの後に声をかけると、入れという短い許可の声。ダリアが部屋の扉を開けると、レセリカは緊張しながら執務室に足を踏み入れた。

「あ、あの、姉上？　本当に僕も一緒でいいのですか？」

「ええ。貴方にも聞いてもらいたいの」

最も戸惑っているのはロミオである。姉が緊張しているのが伝わるのだろう、不安な表情だ。そのことに申し訳なく思いつつ、レセリカはオージアスに顔を向けた。

「お時間を作っていただきありがとうございます、お父様」

「良い。それで、話というのは？」

前置きはいい、と言わんばかりにオージアスはすぐに話を促した。どんな話が飛び出すのかと内心でかなり緊張しているのだろう。その強面がいつも以上に険しい顔になっている。

「実は昨日、私に新しい従者が出来まして……」

「……」

少々、唐突過ぎたかもしれないと思いつつ、これ以上の簡潔な説明は難しい。レセリカは続けてすぐにこれまでのいきさつを一つ一つ話し始めた。

さすがに新緑の宴の時、ヒューイが城に侵入していた件については触れずにおいたが。

「……と、いうわけなのです。その、申し訳ありません。お父様の許可を得る前に了承してしまうことになってしまって」

全てを話し終えた後、レセリカは目を伏せて謝罪を口にした。家に置くことになるのだ。勝手に決めてしまっていいわけがない。

ただ、叱られたとしてもヒューイを手放す気はなかった。なんとかお願いするつもりだったし、主人になったからには彼を守る義務があると考えているからだ。

しかし、そこで口を挟んできたのは他でもないヒューイだった。

「主サン、なんで謝るんだよ」

「っ!?」

呼ぶまで出てこない約束だったのに、いつの間にか室内に現れていたヒューイが不機嫌そうに腕を組んで仁王立ちしている。オージアスやロミオはもちろん、レセリカも声を失うほど驚いていた。

だというのに彼はむしろ楽しそうに口角を上げており、大きく一歩レセリカの前に出て口を開く。

「どうもー、オレが主サンの従者になった風の一族の者でーす。主以外に名乗る気も呼ばせる気もないから、名前以外だったら好きに呼んでいいぜ」

「……ウィンジェイドか」

「おぉ、さすがに知ってたか。さすがは公爵サマってとこかな」

ヒューイの言動は心臓に悪い。なんといっても気安すぎるのだ。悪気がなさそうなのが、余計に質が悪い。あるいは貴族嫌いの彼のことだ、わざとなのかもしれない。

注意をしなければと思うものの、レセリカはどこから何を言えばいいのかわからず言葉が出てこなかった。普段の冷静さを発揮出来ず、目を白黒させている。

「オレはさ、レセリカに仕えることを誓ったのであって、公爵サマやこの家に仕える気はないんだ。結婚後も国や王族に仕える気なんかねーし。口調も変える気はないぞ。そもそも貴族なんか出来れば関わりたくないんでね」

主サンは別ね、と告げるヒューイだったが、レセリカはもはやそれどころではない。そんなことは初耳だし、だとしてももっと言い方をどうにか出来なかったものか。

ヒューイが言い捨てた後、誰も何も言えないまま沈黙が続く。オージアスの表情が少しも動かないのを見て、レセリカは久しぶりに父親を怖いと感じていた。

「ダリア」

しばらくして、オージアスはレセリカ付きの侍女の名を呼んだ。なぜこのタイミングで？　と疑問に思ったが、背後から彼女の返事が聞こえ、驚いて振り向く。

この部屋に来た時はいなかったはずなのに、いつの間に来ていたのだろうか。今日のレセリカは驚かされてばかりである。

「知っていたか？　これの存在を」

真っ直ぐヒューイに視線を向けたまま、オージアスはダリアに質問を投げかけた。

「はい。こちらに害はない者であると判断し、様子を見ておりました。ですが、まさかレセリカ様を主とするとは……。目が行き届かず、申し訳ありません」

二人の質問の意図がよくわからず、レセリカは必死で状況把握に努めた。先ほどから驚いてばかりだったが、あまりにもわからないことだらけで逆に冷静になってきたようだ。

「良い。それよりもこれを側に置くことを、お前はどう思う」

間違いなくオージアスは元素の一族についての知識がある。レセリカよりもずっと知っていることだろう。

「態度に問題は大有りですが優秀なのは確かです。表に出ることもないでしょうから、あまり問題はないかと。あと、かなり使えます」

「てめぇ、レッ……と。なんでもない」

質問に淀みなく答えたということは、ダリアがヒューイのことを知っているということ。

(一体いつ、ヒューイのことがバレたのかしら……いえ、今はそれよりも)

ヒューイもまた、ダリアと面識があるかのような反応を見せている。そして、ダリアを別の名前で呼びかけていた。

そこから導き出される答えは一つだ。

(ダリアは、元素の一族なのね。それもおそらく、火の一族レッドグレーブ……！)

彼女の少し赤みがかった髪と目の色、そしてヒューイが口を滑らせたこと。レセリカは自力で、あっという間に正解に辿りついてしまった。

レセリカにとって、それは今日一番の驚きだった。だが、冷静に思考を巡らせたおかげで無表情がしっかり仕事をしており、それを顔に出すことはない。

しかし内心では、早鐘を打つ心臓をなんとか落ち着けようと必死であった。

(ダリアが家名を名乗らなかったのはそういう事情だったのね。お父様も知っていたのだわ。驚いた、けど……)

ダリアに目を向けていたレセリカはゆっくりと前に向き直り、オージアスの方に目を向けた。そして、つい最近決意したばかりのことを思い起こす。

(彼女がどこの誰で、どんな過去があっても受け入れるって決めたもの。何があってもダリアはダリアだわ)

たとえ悪名轟《とどろ》く暗殺一族の一人だったとしても、ダリアは自分と運命を共にしようとするほど自分を大切に思ってくれている。そのことをレセリカは知っているのだ。

だからこそ、レセリカの信頼が揺らぐことはない。

(いつか、ダリアの口から聞けるといいわね)

自分で気持ちに決着をつけたレセリカは、この事実を胸の内にしまっておくことにした。

「ウィンジェイドよ」

「おう」

それよりも、今はこちらの行く末が心配だ。冷たくも見える眼差しでヒューイを呼ぶオージアスに、レセリカは不安そうに瞳を揺らした。

「お前はレセリカに忠誠を誓ったのだな？　それに偽りはないな？」

厳しく、真剣な声色と表情。それを受けてこれまでずっと笑みを浮かべていたヒューイも表情を引き締めた。

「あったり前だ。裏切るくらいなら自決を選ぶね」

そして、迷うことなく即答する。

目を丸くしたのはレセリカである。誇り高い一族なのはわかっていたが、改めてその忠誠心の高さを思い知ったのだ。

もちろん、もしそんな選択を強いられる状況があったなら、レセリカは自決ではなく生き延びる方を選んでほしいと願うのだが、これがいわゆる覚悟の話だということくらいはわかる。

「ならば私から何かを言うことはない。屋敷の出入りを許可する。が、部屋を与える気はないぞ。お前はうちの使用人ではないのだからな」

ヒューイの覚悟を聞き、オージアスもまた迷うことなく結論を出した。それほどまでに風の一族を信用しているのか、はたまたダリアを信用しているのか。

いずれにせよ、ヒューイを側に置くことをこんなに簡単に許してくれるとは思っていなかったレセリカは、状況を理解するのに必死である。

「いらねーよ。でもまぁ、ありがとな、おっさん！」

「おっさ……」

しかし続けられた暴言ともとれる言葉に、レセリカは胃が痛むのを感じて我に返る。いくらなんでも公爵家当主におっさんはない。

「ヒューイ？　さすがにもう少し、言葉に気を付けてもらいたいわ」

「あー、……ごめん？」

とはいえ、本人に悪気はない。主人として、その辺りの注意点くらいは言い聞かせる必要がありそうだ。レセリカは心の中のやることメモに記すのだった。

話がまとまったところでダリアを残し、レセリカ、ロミオ、ヒューイの三人で退室する。

レセリカがホッと肩の力を抜いていると、ずっと我慢していたらしいロミオがヒューイに向かってズイッと大きな一歩で近付いた。

「なんだかよくはわかりませんけど、姉上を守ってくれるってことでいいんですよね？」

ヒューイはその勢いに少々面食らったように軽く身を引いたが、すぐにニッと笑う。

「おう、陰ながら護衛はするぜ。けど、戦闘は得意じゃない。オレらの武器は情報だからな。いち早く危険を見付けて安全に逃がすってのがオレの役目だ」

「……敵を倒すのではなく、主人の身の安全を第一にってことですか」

「お、理解が早いな弟！」

その考えはとても良いもののようにレセリカは感じた。敵を打ち滅ぼす力も時に必要ではあるだろうが、やはり力は身を守るために使ってもらいたいというのが本音だからだ。

何より、大切な人たちが戦いで怪我をしたり、命を落とすのは嫌だというのが一番の理由かもしれない。

感心したように話を聞いていたレセリカだったが、ロミオは違う部分が気になったようで軽く頬を膨らませていた。

「僕はロミオです。弟、なんて呼び方はやめてください」

「わかればなんだっていーじゃねーか」

「ダメです。使用人じゃないなら貴方は僕にとって他人ですが、僕は貴方の主人の弟です。他の人より接点はそれなりにあるでしょう？　姉上を守りたい者同士ではあるのです。名前くらい覚えてください」

なんだか、ロミオが頼もしい。彼にとってヒューイはよくわからない謎の人物だ。だというのに臆することなく自分の意思を伝えられるのはなかなか出来ることではない。本当に随分と逞《たくま》しくなったものだと、レセリカは感慨深さを感じていた。

「面倒臭い弟だな……わかったよ、ロミオな」

「はい。あまりよろしくしたくはありませんが、よろしくお願いしますね、ウィンド」

ロミオの返しに、片眉を上げるヒューイ。レセリカもまた、ロミオの変わった呼び方に首を傾げた。

「……なんだよ、ウィンドって」

「名前は嫌なんでしょう？　でもウィンジェイドって長いじゃないですか。風だし、ウィンドでいいでしょ。わかりやすいですし」

「まぁ好きに呼べばいいけど。なんか呼び名が増えたなぁ……」

なるほど、確かにわかりやすい上に呼びやすいかもしれない。ロミオは名付けのセンスがあると姉馬鹿な思考になったレセリカはポツリと呟く。

「ウィンド……」

「ちょ、レセリカはちゃんと呼べって！　あんたに呼んでもらうためにこの名はあるんだからな!?」

大げさな、と思いかけたが事実、風の一族が名前を呼ぶことを許すのは主人だけなのだ。レセリカは素直に深く頷いた。

「じゃ、オレはそろそろ退散するぜ。堅苦しかったー」

「ウィンドはずっと気楽な様子だったじゃないですか……」

肩を回しながら言うヒューイに、的確な指摘をするロミオ。なんだかこの二人のやりとりは面白いな、と感じるレセリカは小さく口元に笑みを浮かべる。

「ヒューイ、良かったらお菓子を持っていく？　これからお茶にする予定なの」

「まじか！　貰う、貰う！」

「主従関係ってこれでいいんですか、姉上!?」

どこまでいっても気安いヒューイに、ロミオはずっと思っていたことをついに叫んだ。父親も許した関係なのだから何も言うまいと決めていたというのに、やはり耐えられなかったようだ。

そんなロミオに向けて、レセリカは目を細めて微笑んだ。不意打ちの笑顔に男二人は一瞬、息を呑む。

「いいのよ。だって彼とは主従関係であり、友達でもあるんだもの。ね、ヒューイ」

「お、おう。それが主になってくれる条件だったからな」

気安い関係はレセリカが言い出したことだということがわかり、ロミオは何も言えなくなる。公爵家の者としてそれでいいのかと心配になったが、彼にとっては姉が幸せであることが何よりも重要だ。姉上至上主義のロミオは、あっさりとそれを受け入れることにしたようだった。しかし。

「友達、ですか。いいでしょう。でも弟である僕の方が姉上のことを大事に思ってるんですからね！」

「は、血の繋がりがなんだってんだよ。オレはレセリカが呼べばすぐに駆け付けられるんだぜ？お前は？　出来ねーだろ？」

「くっ、それがなんですか！　家族の絆は主従のそれよりもずっと強固です！　ね、姉上。僕の方が大事ですよね？」

どうやら、姉に近付く男への対抗心は隠す気がないらしい。

「え、えっと」

「困らせてどうすんだよ。まだまだガキだなー」

「う、うるさいですっ！　とにかく、もし姉上を困らせるようなことをしたら、僕がウィンドを追い出しますからね！」

「はいはい」

屋敷の廊下に、なんとも不毛な言い争いが響いている。とはいえ、レセリカはこの二人の関係についてあまり心配はしていなかった。なんだかんだと言ってはいるが、互いを嫌っているようには見えないからだ。

いつかはこの二人も素直に仲良く出来る日がくるといいな、などと呑気なことを思いながら、レセリカは人知れずその口元に笑みを浮かべるのだった。

◆　◇　◆

季節は移ろい、ついにセオフィラスが学園に入学する月となった。

それまでの間、レセリカは他の令嬢とのお茶会を二回、セオフィラスとのお出かけを三回こなしている。

まずお茶会だ。今度はあまり遠方にならないように近場を選んだレセリカは、前の人生での記憶を思い起こし、一番気負わずに過ごせそうな相手を厳選した。

前回はほぼ黙って過ごして終わったお茶会も、今回は進んで話をするよう心掛けたレセリカは、見事に令嬢たちの心を摑んだ。ほんの少し勇気を出して心の声を口にしただけなのに、こうも楽になるのかと驚いたものだ。

ただ、参加した令嬢たちは皆、レセリカへ憧れの感情を抱いた様子であった。どうも友達という距離ではない気がするのでその点だけは残念だとレセリカは感じていた。

しかし、諦めるつもりはない。自分も来年は学園に通うことだし、そこで少しずつ打ち解けたいと今から意気込んでいるのだ。

次に、セオフィラスとのお出かけだが、入学前の忙しい時だというのに大丈夫なのだろうかという心配があった。

実を言うと、彼のスケジュールは確かにギリギリであった。だがレセリカに会う、というご褒美を作るためにセオフィラスはとても頑張ったのである。ちなみに、この事実は一部の者しか知らない。

そんな王太子の涙ぐましい努力は成果に現れている。レセリカは彼と会う度に仲良くなれているのではないかと感じているのだから。

あまり自信はなかったが、セオフィラスが張り付けた笑顔ではなく、いつも自然体で笑ってくれている気がするのだ。彼の努力がほんの少しだけ伝わっているようでなによりである。

ただ、一度だけヒヤリとしたことがあった。

「え……？　レセリカはイグリハイムに通うんじゃないの……？」

話の流れでレセリカが、自分は聖《セント》ベルティィエ学院に通うかもしれないと告げた瞬間、セオフィラスの表情が抜け落ちた。

聖ベルティィエ学院とは、前の人生でレセリカが通っていた令嬢だけが通う学院であり、セオフィラスが通うのは王立イグリハイム学園だ。彼はレセリカが当然、同じ学園に通うものと信じて疑っていなかったのである。

「え、っと。まだ、決まってはいないのですが……」

「イグリハイムに来なよ。絶対に勉強になるから。ベルティィエで習うようなこと、レセリカはもう全て習得しているでしょ」

レセリカの言葉を途中で遮って、久しぶりに見た張り付けた笑顔と共に早口で告げるセオフィラス。圧を感じたレセリカは、どうしてもノーとは言えなかった。

そもそも、セオフィラスの暗殺を阻止するために、レセリカも父親を説得するつもりではあったのだが。

「ち、父が、なんというかわから……」

「ベッドフォード公爵には後で私から話をしておくよ。ね？　解決」

かなり強引に決められた気もするが、願ってもないことなのでレセリカは戸惑ったように頷くことしか出来ない。セオフィラスはなかなかの策士であった。

「それとも……レセリカは、私と会えなくても平気なの？」

「っ、そ、そんなこと……」

「本当かなぁ？　私は今こうして会っている時でさえ、君に会えない日を思うと寂しくて仕方がなくなるのに」

大人のような怖い笑みを浮かべたかと思えば、拗ねたように口を尖らせるセオフィラスに、レセリカは感情が大忙しである。

「わ、私も、セオフィラス様に会いたいと思っておりますっ……！」

そして、まんまと大きな声で言わされてしまった。余裕のないレセリカは頬を赤く染め、やや涙目だ。なお、言質をとったセオフィラスは満足げに微笑み、その後は終始ご機嫌であった。

（あの時のセオフィラス様、少しだけ意地悪だったわ）

だが、その意地悪を少しだけ嬉しく思えるのが不思議だ。あの時のことを思い出し、レセリカの顔が再び赤く染まる。

そんなわけで後日レセリカは、いつの間にか裏で説得をされていたオージアスの口から、来年は王立イグリハイム学園へ通うようにと言い渡されたのであった。その時のオージアスの表情は筆舌に尽くしがたい。


「ヒューイ、頼みがあるの」

ある日、レセリカは自室にヒューイを呼び出した。すぐに姿を現したヒューイは頼みがあると言われてとても嬉しそうだ。

「この一年、時々イグリハイム学園に行ける……？　セオフィラス様のご様子を見てもらいたくて」

「別にいいけど……。何？　他の令嬢に言い寄られるのが嫌とか？　意外とやきもち妬きなんだな、オレの主は」

「そ、そうではなくて！」

妙な誤解をされて僅かに頬を染めるレセリカ。違うのか、と返したヒューイはそのまま視線で説明を求めた。

「……殿下は立場上、お命を狙われやすいから」

「……さすがに大丈夫じゃね？　あの学園はその辺厳しいし。オレだって侵入するのは骨が折れるくらいだし」

学園への侵入は出来ない、と言わない辺り彼の実力の高さがわかるというものである。

実際、どれだけ訓練された兵でも城やあの学園への侵入は不可能だと言われているのだ。万が一、侵入出来たとしても必ず捕まる。捕まらずにホイホイ侵入出来るのは元素の一族くらいのものである。

すでに城に侵入している実績もあるため、レセリカは学園でも問題なく侵入出来るだろうと考えた。倫理的には問題大有りだが、悪事を働かせるわけではないからと自分に言い聞かせて。それでも心は痛むのだが。

「気になることがあって。全てを話すことは出来ないのだけれど」

さて、侵入の理由なのだが……レセリカは悩んだ挙句、まだヒューイには黙っておくことにした。いつかは話したいと思っている。彼は忠誠を誓った従者なのだから、どんな突拍子もない話でも信じてくれるだろう。

ただ、心の準備が追い付かない。レセリカ自身の気持ちの問題だった。まだ落ち着いてあの人生を語るのは怖くて出来ない、と。

「いいって。話したいと思えば話してくれればいいし、話したくないなら聞かない。まぁ、知ってた方が対応は出来ると思うから、どうしてもって時にでも教えてくれたらいいさ」

ヒューイも無理には聞かないと言ってくれたことで、レセリカはホッと安堵のため息を吐いた。

それから、すぐに気持ちを引き締める。それは決意に満ちた表情だった。

「私は、セオフィラス様を守りたいの」

真面目なレセリカがルールを無視してでも成し遂げたいこと。それは、セオフィラスの暗殺を阻止することだ。

いつしか、そちらが目標になりつつあった。結果的にそれは、自分の身を守ることにも繋がる。

何より、レセリカはセオフィラスを好ましいと思っていた。絶対に死なせたくないというのは、紛れもないレセリカの本心なのだ。

「へぇ、王子を守るお姫様、ね。いいじゃん。さすがは我が主」

思いがけない決意を聞いてヒューイは僅かに目を見開いたが、すぐに面白そうだとやんちゃな笑みを見せる。

「お願い出来るかしら？」

「もちろん。初仕事だな！」

正式な主となって、初めて出した指示だ。張り切るヒューイを前に、レセリカはさらにいくつか守るべき項目を伝えていく。

「何があっても自分の身の安全を第一に考えること。危ないと思ったら引くこと」

「お、おいおい。なかなか厳しいぞ、それ。時には危ないことだって……」

「それから」

「う……」

指を一つ一つ立てながら告げるレセリカに焦った様子のヒューイだったが、ジッとレセリカに見つめられたことで言葉を詰まらせる。

「絶対に、私のところに帰って来ること」

これだけは譲れないと美しい紫の瞳が言っていた。

ヒューイは困ったように眉尻を下げると、諦めたように笑った。それから片膝をつき、胸に手を当てて頭《こうべ》を垂れる。

「我が主の望みのままに」

膝をついたまま顔を上げたヒューイの緑の瞳は、真っ直ぐ主を見つめていた。

それを受けてレセリカは神妙に頷くと、話はこれでおしまい、と一つ手を打ってから彼をお茶に誘った。

「いや、オレはもう行く。お菓子は貰うけど」

「たまにはいいじゃない。ね？　一緒にお茶を飲みましょう？」

「いーやーだ！　そういうお洒落《しゃれ》な場に座って飲み食いするのは性に合わないのっ！」

しかし、堅苦しいのを好まない彼は焼き菓子だけをこっそり持って逃げるように去ってしまう。友達としての頼みは聞いてくれないようだ。

「ふぅ……なかなか友達とはお茶が出来ないわね」

レセリカは少々残念そうに、しかし嬉しそうに微笑んだ。こういったやり取りがなんだか嬉しいのだ。

レセリカは一人椅子に座り、お茶を飲んで一息つく。それから目を閉じて思考に耽った。

数日後には学園生活が始まる。もちろん、レセリカはもう一年先になるのだが。

「それまでに、出来ることをしましょう。調査はもちろんだけれど、学園で恥ずかしい成績になってしまわないように努力をしないと」

その点についてはどう考えても心配無用なのだが、レセリカは真面目なのだ。

前の人生では足を踏み入れることもなかった学園に行くからこそ、気になるのかもしれない。未来の予測がつきにくいのだから。

「……友達も、出来るかしら？」

しかし、心の奥にあるレセリカの本当の望みも無視は出来ない。もし叶うのなら、学園で友達を作り、学生らしく楽しい思い出を作ってみたい。二度目の人生なのだ。もう我慢するつもりもない。

「それも、私次第よね。一歩でも二歩でも、何歩だって足を踏み出さなきゃ」

未来を明るいものに変えるため、そしてセオフィラスを守るために。

レセリカは、今日も努力を惜しまない。

巻末書き下ろし　誕生日の美味しい思い出

レセリカは冬生まれである。弟のロミオも同じ冬生まれであるので、二人の誕生日祝いは毎年同じ日にパーティーを開いていた。

何かと忙しく、予定が空けられない貴族にとってはそれが当たり前である。誕生日の当日にパーティーを行えることは意外と少ないのだ。

ちなみに、レセリカは誕生日パーティーの印象も薄かった。公爵家でありながら外部との関わりが少ないベッドフォード家は、誕生日パーティーも親戚筋の貴族家しか呼ばないこぢんまりとしたものだったからだ。

よって、レセリカもロミオも誕生日というものに特別思うことはなく、今年も例年通りのパーティーの時期がやってきたとしか思っていなかった。

「欲しいもの、ですか……？」

「突然ですね、父上」

というわけで、急にオージアスから「誕生日に欲しいものはあるか」と聞かれた子どもたちの反応はこの通りである。きょとんとした顔がそっくりな姉弟の愛おしい姿に、オージアスは咳払いで平静を保っている。

「毎年、素敵な贈り物をいただいていますよ？」

レセリカが戸惑うように告げると、オージアスは腕を組みながら口を開く。

「そうだな。だが、お前たちから欲しいものを聞いて贈ったことはないのでは、と思ってな」

実際、二人とも毎年たくさんのプレゼントを受け取っている。主に装飾品や本、ドレスや靴などで、どれもこれも上質でセンスも良く、二人とも不満はなかった。素直にありがたいと思っていたし、十分貰っていると感じているのである。

「贈っていただいた物はいつも好みに合いますし、これといって欲しいものもないのですが」

「僕も同じですね。それに、たまに必要なものがあってもその都度用意してくださるではありませんか」

「……そうか」

オージアスは頑張った。とても頑張ったがどうやらここまでのようである。

子どもらしからぬ物欲のなさは性格からか、それともこれまでの殺伐とした環境が生み出したものなのか。オージアスはそれがどうも後者な気がして負い目を感じ、それ以上何も言えなくなってしまった。

「ごほん。発言をしてもよろしいでしょうか」

気まずい雰囲気を破ってくれたのは優秀な執事バートンである。オージアスはバッと勢いよくバートンの方に顔を向け、そのまま助けを求めるような目で彼の発言を許した。

「レセリカ様、ロミオ様。お二人とも次の新緑の宴でデビューなさいますでしょう？　オージアス様は、それを機に何かいつもとは違うお祝いが出来ないかとお考えなのです」

「いつもとは違う」

「お祝い、ですか」

またしてもそっくりな顔になり、同じタイミングでこてんと首を傾げる二人にバートンの目元も緩んだ。オージアスは先ほどよりも大きめに咳き込んでいる。

一方でレセリカは本気で不思議に思っていた。前の人生ではそういったことを提案された覚えはないからだ。

（やっぱり、お父様との関係が改善出来たから、かしら）

自分のしてきた地道な努力が実を結んだのだと思えたレセリカは、胸に温かいものを感じてわずかに微笑む。

とはいえ、改めて欲しいものと言われても何も思いつかない。せっかく父親がこうして提案してくれたというのに、何も答えられないのは申し訳ないと思い、レセリカは必死で頭を回転させた。

（ドレス……はきっとまたいただくし、宴用にも新調するわね。装飾品もそうだわ。かといってハンカチなどの小物を頼むのはかえって失礼になりそう……）

こんな時になって、レセリカは自分が本当に物欲というものがないのだと気付く。欲しいものは何か、という問いはレセリカにとって最高難易度の質問であった。

「父上。とてもありがたいこととは思うのですが……ごめんなさい。なかなか思いつかないです」

「わ、私もです。申し訳ありません、お父様……」

先にロミオがそう口にしてくれたことで、レセリカも素直に告げることが出来た。

「謝らなくて良い。無理に考えろと言っているわけではないのだ。お前たちを悩ませたいわけでもないのだから」

オージアスはそう言ってくれるが、しかしどうにも罪悪感が胸に残る。レセリカはどうにかして父の好意に応えたいという思いで眉尻を下げてしまった。

「あ……」

その時、ふとレセリカはあることを思いついた。そんな娘の様子にめざとく気付いたオージアスはすかさず質問を挟む。

「何かあったのか？」

「あ、えっと。その」

レセリカには自信がなかった。この答えが「欲しいもの」に該当するのかと。しかし、ここで黙る方が父を悲しませてしまうだろうと考えたレセリカはもじもじしながら告げた。

「やりたいこと、でもいいでしょうか……？」

頬を染め、恥ずかしそうに尋ねるレセリカの愛らしさはもはや凶器だった。数秒ほど、誰も何も言えなくなってしまう。先ほどオージアスの救世主となったバートンでさえ、目尻を下げてしまっていた。

そんな癒しの空間に、新たな救世主が現れた。

「もちろん問題ないと思いますよ。ですよね、旦那様」

ダリアである。いつでもレセリカの愛らしさに癒されているダリアは、この程度で崩れたりはしないのだ。飛び切りの笑顔をオージアスに向けながら同意を求めてくれた。

「も、もちろんだ。何かやりたいことがあるのだな?」

伊達に冷徹公爵と呼ばれているわけではないオージアスである。すぐに我に返って質問を投げかけた。相変わらず恥ずかしそうにしている娘が可愛らしくて仕方がない様子ではあるのだが。

「はい。あの、でも……断っても構いませんので……」

なお、レセリカの方はもはやいっぱいいっぱいで、周囲の様子など目にも入らない様子である。ロミオはロミオで大好きな姉に釘付けであるため、子どもたちはオージアスの狼狽《うろた》えた様子に気付いていない。父としての威厳は保たれた。

「出来ることならなんでも叶えよう。言ってみるがいい」

今ならどんなワガママでも通りそうな雰囲気である。しかし、レセリカから飛び出した要求はとても些細なことだった。

「か、家族だけで、お祝いをしてみたいのです……」

小さな声で告げられた、レセリカのやりたいこと。

「お父様と、ロミオと、三人で。自分たちで料理やケーキを作って、テーブルのセッティングもして……その、家族だけの時間を過ごしたいのです」

それは意外なようでいて、納得のいくささやかな願いだった。

前の人生で聞いたことがあるのだ。どこかのご令嬢が庶民の家族のように母親と一緒にケーキを焼いて、家族だけで誕生日パーティーをしたという話を。味も見た目もあんまり上手ではなかったけれど、とても楽しかったと。

それを聞いた時、レセリカはとても羨ましかった。そういった家族の姿こそが、幸せな家族像のように思えたのである。

(やり直した今なら、その夢も叶えられるかもしれない)

完璧な令嬢として振る舞っていた前の人生では、使用人にやらせず自らが動いて準備をするなどとんでもない、庶民の真似をするなど言語道断、という雰囲気であったため諦めていたが、今生では出来るかもしれない。

(お母様がいない分、ロミオにも幸せな思い出を作ってあげたいわ)

家族の思い出を作る、それがレセリカのやりたいことだった。

とはいえ、あまりにも子どもじみた願いであるような気がして、レセリカはだんだん不安になっていく。誰も何も言わない時間が続いているのも、その不安を膨らませていた。

「で、ですが、公爵家の者としてふさわしくない行いかもしれませんし、難しいようでしたら断っていただいて……」

「わかった」

「え？」

雰囲気に耐えかねてレセリカが慌てて言葉を続けると、オージアスがたった一言でそれを遮った。

今、わかったと言ったのだろうか。聞き間違いだったかもしれないと目を丸くしたレセリカは父を見上げる。

「その程度、叶えられぬようでは父親とは言えないだろう。レセリカが望むなら、好きなようにしなさい」

「お父様……！」

あの鉄仮面のオージアスの口元に笑みが浮かんでいる。今となってはレセリカの微笑みよりも貴重な姿だ。

実のところ、オージアスはこの時、妻であるリリカのことを思い出していた。

『ねぇ、オージアス。誕生日はパーティーもいいけれど、二人きりでお祝いがしたいわ』

まだレセリカも生まれる前のこと、リリカもまたレセリカと同じことを願ったことがあるのだ。

娘が同じことを言い出したことで、レセリカの姿に彼女の面影を感じたのである。

最愛の妻亡き後、オージアスはずっと気持ちを立て直せず苦しんでいた。そこから救い出してくれた子どもたちに少しでもお返しを、と思っての提案だったのだが……。

どうやらオージアスの方がさらなる幸福を与えられているようである。オージアスは、穏やかな気持ちで子どもたちを見つめていた。

そんな父の胸中を知る由もないレセリカは、思わず言葉に詰まってしまう。その間にオージアスは、今度はロミオに視線を向けて質問を投げかけた。

「ロミオはどうだ？　同じように欲しいものではなく、やりたいことでもいいのだぞ」

言われたロミオはしばらくの間ぽかんとしていたが、次第に笑みが広がっていく。それからキラキラと目を輝かせて元気に告げた。

「僕も！　僕も家族だけのお祝いをしてみたいです！　あの、あの、ケーキも作ってみたいし……そういうの、憧れていたんです！」

「ふむ。では料理長に話を通しておこう。レセリカもそれで構わないか？」

「も、もちろんです！　でも、本当にいいのですか？」

「無茶な願いでもあるまい。必要なものが決まったら知らせなさい。すぐに用意させよう」

姉弟は思わず互いに目を見合わせた。ロミオは満面の笑みで、レセリカは無表情ながら目を輝かせて。

「ありがとうございます！　お父様！」

「父上ありがとうございます！　僕、頑張りますっ！」

それから同時に感謝の言葉を口にしたのだった。


次の日から早速、姉弟は二人で話し合いを始めた。どんな料理を作るか、飾りつけはどうするか。祝われる立場である自分たちが、自分たちのために準備するということが新鮮で、終始ご機嫌である。

とはいえ、二人はこれまで料理などしたこともない子どもだ。全ての料理を作るのは無理と判断し、一品とケーキだけ作って他の料理はいつも通り料理長に頼むことにした。

「包丁は出来るだけ使わない料理がいいでしょうなぁ……」

最も頭を悩ませたのは料理長である。調理器具を触ったこともない子どもがどこまで出来るか、怪我をさせるわけにもいかない、など心配事は山ほどある。

そんな料理長の気持ちを汲んで、レセリカはとてもいい案を出した。

「今回は初めてだもの。私たちはサラダとケーキを作ります。料理長にも手伝ってもらいたいわ。それで、毎年少しずつ作る物を難しくしていくの」

「姉上、それはとても素敵な考えですね！　最初から難しい料理に挑戦するのはむぼー……無謀っていうんです」

「ふふ、難しい言葉を知っているのね、ロミオ」

姉弟のとても子どもらしい会話に、料理長の心が癒され、救われた。当然、レセリカの案は受け入れられ、初めての家族パーティーで作る料理は包丁を使わなくても作れるようなサラダと、混ぜて焼くだけで出来るケーキに決定した。

パーティー当日までの間に、二人はわずかな時間でも厨房に通い、野菜を洗う練習や卵を割る練習を重ねていく。そんな練習の時間すら、レセリカにはプレゼントのように思えた。

そうして迎えた当日。朝から張り切って厨房に立ったレセリカとロミオは、慣れたように手を洗い、エプロンを身に着けて必要な物の準備を完璧に整えてから料理長の指示を待った。

「お二方とも覚えがとてもお早い。レセリカ様は野菜を切るところまで出来るようになられましたからな」

「大げさよ。気を付けてゆっくりやれば危なくないわ」

「そうだよ。料理長は心配性なんだから。僕だって包丁くらい使えるのにぃ」

「心配しすぎるに越したことはないのですよ。ロミオ様は来年までお預けです」

元々、二人とも器用になんでも出来る方だ。スクランブルエッグくらいなら簡単に作れるようになるだろう。しかし過保護な料理長は火を使うことを許してくれず、フライパンを持つのはレセリカも来年になりそうである。

さて、文句を言っている暇はない。すぐに調理開始である。ロミオが野菜を洗い、レセリカがしっかりと水切りを行う。葉物の野菜をロミオが手で千切り、レセリカがその他の野菜を包丁で切った。

料理長の指示の下、調味料をレセリカが分量通りに計り、ロミオが混ぜてドレッシングも完成させる。サラダはこうして、難なく作ることが出来た。

「次はケーキだね！　僕、卵を割るよ！」

「ええ、お願いね」

問題はケーキだ。サラダと違って難しい上に、まだ作ったこともないのだから。手順通り、分量通りに作らないとスポンジが綺麗に膨らまないこともあるし、何よりデコレーションは思っている以上に難しい。

しかしそこは料理長の腕の見せ所である。大事な部分で失敗しないように、手や口を出すタイミングが絶妙であった。おかげで、大きな失敗もなく無事に生地をオーブンに入れるところまで済ませることが出来た。

「焼き上がって生地を冷ましたらデコレーションをしましょう。その時はお声がけしますよ」

「わかったわ。じゃあロミオ。次は……」

「お部屋の飾り付けだよね！　注文したお花、届いてるかな？」

レセリカの指示より早く、ロミオは次の行動を口にした。張り切っている様子がとても愛らしい。

「ダリアが受け取ったと言っていたわ」

「よかった！　じゃあ行こう！　姉上！」

はしゃぐロミオに手を引かれ、レセリカはフッと小さく口元に笑みを浮かべながらテーブルセッティングに向かった。

ダイニングルームにはすでにダリアや他のメイドたちが待っていた。もちろん、まだ準備は手付かずだ。レセリカとロミオが楽しみにしている仕事を奪うような者はいない。

とはいえ、二人だけでは時間もかかる上、上手くセッティングが出来ない。そのため、みんなに手伝ってもらいながら作業を進めることとなった。

テーブルクロスを普段とは違うものに替え、レセリカが選んだ花瓶に花を活けて飾り、カトラリーやテーブルナプキンを並べる。これらは誕生日パーティーのために新調したもので、レセリカとロミオの二人で選んで決めた。これから毎年、家族の誕生日パーティーでだけ使おうと話し合って。

ちなみに、全体的にシックな色味のゴールドとシルバーで統一されている。ベッドフォード家の髪色を意識したもので、花瓶に飾る花はレセリカやオージアスの瞳の色を意識して紫の花にした。葉の緑がロミオや母リリカの瞳の色を表現している。

「わぁ、ベッドフォード家の誕生日パーティーにふさわしいですね！　完璧です！」

「ええ、そうね。並べてみた時にバランスがどうか心配だったけれど……とても素敵だわ」

セッティングを終えた部屋を見渡し、姉弟は満足げに頷き合う。

ちょうどその時、料理人が二人を呼びに来た。さぁ、次はいよいよケーキのデコレーションである。

レセリカとロミオは再び張り切って厨房に向かうのであった。


「お父様、お迎えに来ました」

「父上、お仕事はもう終わりましたか？　終わっていなくても、すぐに来てください！」

陽が沈むころ、オージアスの執務室にレセリカとロミオがやってきた。二人ともいつも通りの装いながら、少しだけアクセサリーを身に着けてお洒落をしている。

本来ならドレスアップするところではあるのだが、出来るだけ気楽に楽しめる場にしたいと考えた二人が服装に関してもあらかじめそうしようと決めていたのだ。当然、オージアスもそれに倣《なら》っていつも通りの服装である。

「ロミオは手厳しいな。だが仕事はちゃんと終わらせてある」

「さすがは父上ですね！」

椅子から立ち上がり、二人の下に歩み寄ったオージアスは相変わらずの仏頂面である。しかし、その瞳は優しい光をもって子どもたちを見つめていた。

そんなオージアスの胸ポケットに、レセリカは手にしていた紫の花を一輪挿した。それから口元に小さな笑みを浮かべてオージアスを見上げる。

「お父様も、少しだけお洒落しましょう」

「……ああ、愛らしい花だな。ありがたく受け取ろう」

鉄仮面にも、僅かに笑みが浮かんだ。

三人は揃ってダイニングルームへと向かう。ロミオが軽くスキップしながら先頭を歩き、その後ろからレセリカとオージアスが並んで歩いた。

「では、父上。僕たちが準備した誕生日パーティー会場です！」

部屋の扉をロミオが開けると、オージアスは軽く目を見開く。使用人たちがしっかり手伝ったのだろう、セッティングも飾りつけも見事なものだったからだ。

「姉上が色々と決めてくださったのです。素晴らしいセンスでしょう？」

「そうだな。私たち家族の色だ」

自分のことのように自慢する弟や、すぐにコンセプトを察してくれた父に、レセリカは嬉しさで顔が熱くなってしまった。実は、父がなんと言うかと緊張していたのだ。

安心したところでそれぞれが席に着いた。準備は二人が中心となって頑張ったが、ここからは楽しむ番。給仕は使用人に任せていた。

グラスに飲み物が注がれると、オージアスが口を開く。

「レセリカ、ロミオ。誕生日はまだ少し先だが、お前たちの成長を心から祝おう」

「ありがとうございます、お父様」

「父上、ありがとうございます！」

和やかに言葉を交わし合うと、三人はグラスを持って乾杯をした。それを合図に、料理が順番に運ばれてくる。最初は二人が作ったサラダだ。

「父上、このサラダは僕たちが作ったのですよ！　野菜を選ぶところからこだわったんですから」

「ふむ、彩り豊かで良いな。早速いただこうか」

実を言うとこの程度のサラダなら誰が作ろうがほとんど差はないのだが、それでも自分たちで作ったという事実があるというだけで、レセリカにはいつも以上に美味しく感じられた。

もちろん、その後に出てきた料理長たちの作った料理の数々がとても美味しかったのは言うまでもない。ロミオのリクエストである煮込みハンバーグも、レセリカのリクエストであるポタージュスープも誕生日仕様ということでいつも以上に豪華な仕上がりとなっていた。

だからこそだろうか。最後に運ばれて来たケーキの歪《いびつ》さに、レセリカはなんとも言えない気持ちになってしまう。

(作った直後は、なかなか上手に出来たと思ったのだけれど)

クリームは均等に塗られておらず、全体的にやや傾いている。フルーツの飾りつけもどこかバランスが悪く、あまり綺麗とは思えない。

プロに張り合うつもりはないが、それでもあまりの差に少しだけ落ち込んでしまうのは仕方のないことだった。

チラッと隣の席に目をやると、ロミオもまた口をへの字にしてケーキを見つめている。どうやら同じ心境になっているようだった。

そんな時、オージアスの方からわずかにクッと喉で笑う声が聞こえてきた。あまりの不出来さに呆れてしまったのだろうかと思うものの、父が笑うこと自体が珍しく、姉弟揃ってオージアスを見つめてしまう。

「リリカが初めて作ってくれたケーキを思い出す」

オージアスは、不出来なケーキを馬鹿にして笑ったわけではなかった。目尻を下げ、懐かしそうにケーキを見つめている。

「お母様の作ったケーキ、ですか?」

「そうだ。初めての手作りケーキで生クリームが山のように塗られていてな、フルーツが全てクリームに埋まるほどだった。それなのに、お前たちと違ってリリカは出来栄えに自信満々だったな」

さらに声を出して笑う父の姿に、レセリカはロミオと目を合わせてしまう。そして想像した。クリームの山と化したケーキを。……それに比べれば、とても上手なのかもしれないと少しだけ母に失礼なことを考えてしまったレセリカである。

「味もほぼクリームでよくわからなかった。だが、それが不思議と美味しかったのだ。これまで食べたどのケーキよりも、な」

オージアスはそう言うと、メイドに切り分けてもらうよう頼んだ。一切れずつカットされたケーキは、どんなに上手に切っても斜めになってしまうし、断面もなんだか歪んでいた。

「二人にとっては、このケーキがこれまでで一番美味しいと感じるかもしれないな」

正直なところ、それはないだろうとレセリカは思っていた。実際に一口食べてみたところ、うまく泡立てられていないゆるいクリームが口に広がり、少し硬めのスポンジが口の中に残る。料理長のレシピにある通りに作ったため味は問題ないのだが、決して美味しいとは言えない出来だった。

「……美味しい」

けれど、料理を作る過程やワクワクしたその時の気持ち、手伝ってくれた人たちの温かな眼差しや、一緒に作ったロミオの嬉しそうな顔を思い出すと、感想は「美味しい」の一言に尽きる。味ではないのだ。それら全ての幸せな思い出が美味しいのだ。

「ふふっ、本当ですね。世界で一番美味しいです」

ロミオも先ほどまでの不満げな表情が消え、照れ笑いを浮かべながら美味しそうにケーキを頬張っていた。オージアスもまた、子どもたちを愛おしげに見つめながら黙々とケーキを口に運んでいる。レセリカも、気付けばあっという間にお皿が綺麗になっていた。

(これから作る度に腕は上がるのかもしれないけれど……)

食後の紅茶を飲みながらレセリカは思う。

(きっと、今日のケーキが一番記憶に残るのだと思うわ)

二度目の八歳の誕生日は、レセリカにとって生涯忘れられない大切な思い出となったのである。

◆　◇　◆

「へぇ、それは羨ましいな」

九歳の誕生日を前に、レセリカは去年の思い出をセオフィラスに話して聞かせていた。忙しい合間を縫って、少しだけでもとレセリカに会いに来てくれたセオフィラスとの貴重なひとときである。

「セオフィラス様は、やはりご家族だけでお祝いをするというのは難しい、ですよね……」

自慢話になってしまったかと焦るレセリカに、セオフィラスはそうじゃないよ、と朗らかに笑う。

「まぁそれも少しいいな、とは思うけれど。私が羨ましいと思ったのは、レセリカの思い出に残る誕生日に私がいなかった、というところだから」

「えっ」

「君の一番になれないのは、悔しいんだ」

意味を理解したレセリカは、じわじわと頰を赤く染めていく。そんなレセリカが可愛くて、セオフィラスはますます笑みを深めた。

「でもいいんだ。私は私で、今年から君に思い出をプレゼントするから」

そう言うと、セオフィラスはポケットから小さな宝石箱を取り出す。そのまま目を丸くするレセリカの前で蓋をパカッと開けると、中には空色と淡い紫色の宝石があしらわれた髪飾りが入っていた。

「私たちの色だよ」

確かに空色はセオフィラスの、紫はレセリカの瞳の色だ。驚くレセリカを他所に、セオフィラスは着けてもいいかな、と告げてくる。

声にならないレセリカは、コクコクと頷くことで返事をした。セオフィラスは嬉しそうに破顔すると、早速レセリカの髪に触れる。身体は緊張で固まり、ほんの数秒がとても長く感じられた。

「うん。とっても似合うよ」

手が離れたかに思われた次の瞬間、セオフィラスはそのままレセリカの頬をそっと撫でた。距離の近さ、頬に感じた手の感覚、優しい声、美しい微笑み。

真っ赤になってしまったレセリカに、セオフィラスはクスクス笑いながらとどめの一言を口にした。

「これで、私との思い出もレセリカに刻まれたかな？」

どうしてこんなにも恥ずかしくなってしまうのか。レセリカにはその理由がわからなかった。けれど確かに彼の言う通り、今日のことは一生忘れられそうにないとレセリカは思った。

前の人生ではなかった、セオフィラス手ずから着けてくれたプレゼント。

「誕生日おめでとう、レセリカ」

「セオフィラス様……ありがとうございます」

九歳の誕生日は、誰よりも先にセオフィラスにお祝いしてもらった。それが恥ずかしくも嬉しいと感じる。しかし、同時に悩みごとも増えた。彼の誕生日に、自分は何をプレゼントしてあげられるだろうか、と。
レセリカは当分の間、そのことで頭がいっぱいになってしまうのだった。

あとがき

皆さまこんにちは。

楽観主義のお祭り好き、阿井りぃあと申します！

この度は本作をお手に取ってくださり、ありがとうございます。実は今作、コンテストでの受賞を目指して書いていた作品でもありましたので、ＳＱＥＸノベル大賞にて銀賞を受賞、というお知らせをもらった時は本当に驚きましたし、とても嬉しかったです。

頑張った自分に少しくらいいいだろうとウキウキしながらご褒美を与えました。いえ、嘘です。少しではなかったです。あれもこれもと、ご褒美と称して自分を甘やかしすぎた気はしていますが後悔はしておりません。

全て私の血肉になりましたので。お寿司も焼肉もプリンも美味しかったです。

せっかくですのでこの物語が出来上がった経緯を少し。

元々、ファンタジー作品ばかりを書いていたのですが、流行にのって「異世界恋愛」「悪役令嬢」を題材にして書いてみよう、と思ったのがキッカケです。

ただ残念なことに恋愛系はとにかく苦手でして。

「ウジウジ悩んでないで告白だ！」

「振られたら次だ、次！」

「悩む暇があったら行動しなされ！」

「ええい、相手のことを思って隠すな！　今！　明かせ！」

という性格なもので、あっという間に恋愛成就してしまうんですよね。加えて基本的に喧嘩や揉めごとを避ける自分の周りはいつでも平和、なタイプなので全く物語になりません。困りました。


そこで参考にしたのは乙女ゲームです。他の作品や漫画やアニメももちろん参考にしていますが、正直ちょっとやってみたかったので、人生○年目、ついに手を出してみました。ええ、そうです。プレイしてみたかった、というのが9割ですね。

そうしたらこれが思っていた以上に面白くてですね。すっかりハマってしまいました。

乙女ゲームなんて多種多様なイケメンに囲まれて主人公たるヒロインが総愛されするんでしょ、という舐めたイメージしか持っていなかったのですけれど（本当にごめんなさい）、作り込まれた世界観やキャラクターたちを取り巻く背景、設定、ストーリーのどれもが素晴らしく、夜更かししながらプレイすることとなったのです。

元々、ミステリー好きですのでそういった要素が余計にハマる要素だったのかもしれません。いやー、面白い。ゲームに費やした時間もお金も、今作を書く上で必要なことだったと胸を張って言えます。たぶん。

ちなみに、どの乙女ゲームも多種多様なイケメンから総愛されしてました。ええ、これは間違っていませんでした。だがそれがいい！　やはりヒロインにはたくさん愛されていただきたい！　イケメンはいいぞ！　なんといっても心が潤います。


少々脱線しましたので話を戻しますね。

結果、恋愛ストーリーに関して100か0かしか考えてなかった私の中に「キュンとするシチュエーションを入れればいいのでは？」という、割と当たり前な考えが生まれました。ゲーム内のスチル絵のように、隙あらばキャラクターにそういった言動をさせればいいのだと。

私はようやくキュンを覚えました。一つ賢くなりました。

そこから貴族令嬢モノならきっとドロドロしているのだろうな、というこれまた浅いイメージから話を膨らませ、個人的に好きなファンタジー要素を少し付け足し、あれこれこねくり回してこの作品は出来ていきました。

そのため、恋愛要素よりもミステリーに引っ張られ気味なお話になってしまいましたが、子どもらしく健全でかわいらしい恋模様（未満）が描けたのではないかなぁ、と思っております。レセリカたちも成長すればきっと変わっていくでしょう。期待しています。書くのは私ですが。

こうして見てみると、キッカケは軽いですね。でも私の中で物語はこうした些細なキッカケから膨らんでいくことが多いので、こんなものなのだと思います。

今ではキャラクターたちに愛着もありますし、それぞれの主張や物語も存在します。もはや我が子のように大切に思っている今作を見つけ、読んでくださった方々には感謝の気持ちでいっぱいです。

書籍として形になるまでに、たくさんの方々にお世話になりました。

まずはなんといってもイラストですね！　レセリカは無表情がデフォルトの美少女なので、表紙ではちゃんと笑えるか、イラストレーター様にご迷惑をおかけしないか、と親の立場で心配しておりましたが杞憂でしたね！

最っ高に愛らしい！　はにかんだ笑顔！　口絵で描かれた馬車の中のイラストにはきゅんきゅんしました。セオフィラスくん、人間不信のくせにそれは恋する目なんよ。いつか自覚してくださいね、殿下。

その他のキャラクターたちも本当に生き生きと描いてくださって、私はもちろんキャラクターたちも幸せ者です。私のフワッとしたイメージを形にしていただいて……本当に……しんいし智歩先生、ありがとうございます、ありがとうございます……！　イラストレーターさんってすごいですよね。すごいんですよ。

それから書籍化にあたりＳＱＥＸノベルの皆様をはじめとした全ての方々に心より御礼申し上げます。思っている以上にたくさんの方が尽力してくださっているのですよね。頭が上がりません。

そして何より、この物語を面白いと言って応援してくださった読者様、本作に興味を持ってお手に取ってくださったあなた様。

皆様の存在があるからこそ、今があります。本当にありがとうございます！

これからもより良い作品を生み出せるよう、美味しいものを食べながら頑張ってまいります。

どうか皆様に、楽しい時間をお届け出来ますように。

阿井りいあ

GC UP!
毎月7日発売
悪役令嬢は溺愛ルートに入りました!?
原作：十夜・宵マチ　作画：さくまれん
構成：汐乃シオリ
失格紋の最強賢者
～世界最強の賢者が更に強くなるために転生しました～
原作：進行諸島　漫画：肝匠&馮
(GAノベル/SBクリエイティブ刊)　(Friendly Lan
キャラクター原案：風花風花
神達に拾われた男
原作：Roy　漫画：蘭々
キャラクター原案：りりんら
転生賢者の異世界ライフ
～第二の職業を得て、世界最強になりました～
原作：進行諸島　漫画：彭傑
(GAノベル/SBクリエイティブ刊)　(Friendly Land)
キャラクター原案：風花風花
お隣の天使様にいつの間にか駄目人間にされていた件
原作：佐伯さん　原作イラスト：はねこと
(GA文庫/SBクリエイティブ刊)
作画：芝田わん　構成：優木すず
ここは俺に任せて先に行けと言ってから10年がたったら伝説になっていた。
原作：えぞぎんぎつね　漫画：阿倍野ちゃこ
(GAノベル/SBクリエイティブ刊)
ネーム構成：天王寺きつね　キャラクター原案：DeeCHA
勇者パーティーを追放されたビーストテイマー、最強種の猫耳少女と出会う
原作：深山鈴　漫画：茂村モト
マンガUP!
毎日更新
●「攻略本」を駆使する最強の魔法使い ～<命令させろ>とは言わせない俺流魔王討伐最善ルート～
●おっさん冒険者ケインの善行
●二度転生した少年はSランク冒険者として平穏に過ごす ～前世が賢者で英雄だったボクは来世では地味に生きる～
●異世界賢者の転生無双 ～ゲームの知識で異世界最強～
●冒険者ライセンスを剥奪されたおっさんだけど、愛娘ができたのでのんびり人生を謳歌する
●落第賢者の学院無双 ～二度目の転生、Sランクチート魔術師冒険録～
他
©Roy　©Saekisan/SB Creative Corp.　©Shinkoshoto/SB Creative Corp.
©Suzu Miyama　©Ezogingitune/SB Creative Corp.

GC ONLINE
毎月12日発売
月刊少女野崎くん
椿いづみ
合コンに行ったら女がいなかった話
蒼川なな
ライム倒して300年、
らないうちにレベル
AXになってました
:森田季節 漫画:シバユウスケ
ラクター原案:紅緒
わたしの幸せな結婚
原作:顎木あくみ 漫画:高坂りと
(富士見L文庫/KADOKAWA刊)
キャラクター原案:月岡月穂
経験済みなキミと、経験ゼロなオレが、お付き合いする話。
原作:長岡マキ子 漫画:カルパッチョ野山
キャラクター原案:magako
アサシン&シンデレラ
夏野ゆぞ
私がモテないのはどう考えてもお前らが悪い!
谷川ニコ
同居人の佐野くんはただの有能な担当編集です
ウダノゾミ
SQUARE ENIX WEB MAGAZINE
ガンガンONLINE オンライン
毎日更新
●血を這う亡国の王女 ●王様のプロポーズ ●魔術師団長の契約結婚
●落ちこぼれ国を出る ~実は世界で4人目の付与術師だった件について~
●家から逃げ出したい私が、うっかり憧れの大魔法使い様を買ってしまったら 他
©Akumi Agitogi Licensed by KADOKAWA CORPORATION ©Kisetsu Morita/SB Creative Corp.

BG COMICS
ビッグガンガン
毎月25日発売
薬屋のひとりごと
原作：日向夏 作画：ねこクラゲ
(ヒーロー文庫／イマジカインフォス)
構成：七緒一綺
キャラクター原案：しのとうこ
シノハユ
原作：小林 立
作画：五十嵐あぐり
ひきこまり
吸血姫の悶々
原作：小林湖底
(GA文庫／SBクリエイティブ刊)
キャラクター原案・漫画：りいちゅ
ハイスコアガール
DASH
押切蓮介
ゴブリンスレイヤー
原作：蝸牛くも 作画：黒瀬浩介
(GA文庫／SBクリエイティブ刊)
キャラクター原案：神奈月昇
結婚指輪物語
めいびい
スーパーの裏で
ヤニ吸うふたり
地主
BADON
オノ・ナツメ
月刊ビッグガンガン
BG
Monthly BIG GANGAN
毎月25日
発売

SQEX ノベル

悪役にされた冷徹令嬢は王太子を守りたい
～やり直し人生で我慢をやめたら溺愛され始めた様子～

著者
阿井りいあ

イラストレーター
しんいし智歩

2024年3月7日　初版発行

発行人
松浦克義

発行所
株式会社スクウェア・エニックス
〒160－8430
東京都新宿区新宿6－27－30　新宿イーストサイドスクエア
（お問い合わせ）スクウェア・エニックス　サポートセンター
https://sqex.to/PUB

印刷所
中央精版印刷株式会社

担当編集
増田 翼

装幀
小沼早苗（Gibbon）

ISBN978-4-7575-9093-9 C0093

Printed in Japan